王子はただいま出稼ぎ中

見習い商人とガラスの絆

岩城広海

17160

角川ビーンズ文庫

王子はただいま出稼ぎ中

見習い商人とガラスの絆

★ユート★
貧乏国フォーレの苦労性王子。正義感が強く、節約が生きがい。
★イル★
ユートに仕えるへたれ従者。天然ボケ体質で、折れない心の持ち主。

［これまでのお話］
すぐれた剣術の腕を活かして、傭兵や武術大会の賞金ゲットで、出稼ぎに精を出してきたユート。次々にトラブルに巻き込まれながら、国の借金をコツコツ返済してきたが、タジェスからのもっともな指摘を受け、出稼ぎ卒業を目指すようになっていた――!?
タジェス
隣国ニーザベイムの第六王子。ユートの友人。腹黒な一面をもつ。
王子はただいま出稼ぎ中
見習い商人とガラスの絆

本文イラスト　サマミヤアカザ

序章

繊細《せんさい》なレースのカーテン越《ご》しに朝の澄明《ちょうめい》な光が差し込む一室で、ユートは姉のリュシエイル王女と向かい合っていた。

「……新しく産業を興《おこ》す？」

薄《うす》く紅を差した唇《くちびる》から、ぽつりと放たれた言葉にユートは緊張《きんちょう》した顔でうなずく。

「今更《いまさら》と思われるかもしれませんが……国の借金を効率的に返していくためには、それが最も有効な手段だと思いまして。むろん姉上や父上が、すでに色々と手を尽《つ》くしておられることは知っています。ですが他国を多く見てきた者として、別の視点から協力できればと——その、考えまして」

普段《ふだん》の口調の滑《なめ》らかさは消え、ぎこちなく言葉を綴《つづ》るユートを王女は深い藍色《あいいろ》の瞳《ひとみ》で見つめたのち、女性にしてはやや低めの声で問いかけた。

「父上はなんと……許可はいただいているのですか？」

「……父上は、エイル姉上と相談するようにと」

ユートの言葉に、リュシエイル王女はふっとため息とも苦笑《くしょう》ともつかない息をこぼす。

一児の母とは思えないほど若く美々しい容貌《ようぼう》に浮《う》かんだのは笑《え》みに近い表情だったが、落ち着きなく視線をさまよわせるユートの目にそれは入らなかった。

「そうですか……父上が」

リュシエイル王女は呟《つぶや》くと、浮かべていた笑みを消してユートに目をやった。

「新たな産業について、あなたにはなにか考えがあるのですか？」

「……いいのですか、姉上⁉」

思わず目を丸くして問い返すユートに、リュシエイル王女はにこりともせずに応《こた》える。

「私に相談するよう父上がおっしゃったということは、ユートにまかせて良いと判断されたということでしょう」

ユートはほっとしたように顔をほころばせたあと、思い直したように表情を引き締《し》めて先の問いかけの答えを口にした。

「まだ具体的なことは決まっていませんが……まったく新しい産業を一から興すのではなく、今ある産業を利用して価値の高い商品を作り出すことができればと思っています。フォーレの技術力そのものは高いのですし、そのほうが初期投資の費用も抑《おさ》えられるでしょうから……」

ユートの言葉を聞きながら、リュシエイル王女は腰掛《こしか》けていた椅子《いす》から立ち上がる。

執務《しつむ》机と揃《そろ》いになった椅子は木目も美しく、一目で手のかかった品とわかるがそこかしこに補修の痕《あと》が見受けられる。華美《かび》ではないものの品良く調《ととの》えられた室内もそれは同様で、窓際《まどぎわ》に揺《ゆ》れるレースのカーテンには目立たぬように虫食い穴を繕《つくろ》った痕があった。

リュシエイル王女は執務机の抽斗《ひきだし》をぎしぎし軋《きし》ませながら開けると、紙綴《かみと》じに挟《はさ》まれた一束の書類を出してユートに差し出した。

「これは……？」

受け取った書類を、ユートは首をかしげながらぺらりとめくる。

同時に、深い緑色の目がはっとしたように見開かれた。

「姉上……これって、もしかして……！」

「国内の産業に関する最新の報告書です。新たな産業を考える際に、なにかの参考になればと思って用意させておいたのですが……」

淡々《たんたん》とした口調で、リュシエイル王女はユートに向かって告げる。

「これは、あなたのほうが役立てられるでしょう。どのような産業を興すのであれ、考えの糸口になるものはあって困るということはないはず……お使いなさい、ユート」

「ありがとうございます、姉上！」

目を輝《かがや》かせてユートが言うと、リュシエイル王女はほんの少しだけ表情を和《やわ》らげた。

「あなたがより広い視点で国民のために役立とうと考えてくれたことは、私にとっても非常に嬉《うれ》しいことです。あなたならいずれは自分でわかってくれるだろうと思ってはいましたが……父上も、あなたの成長を喜んでおられることでしょう」

彼女にしては珍《めずら》しい手放しの誉《ほ》め言葉に、ユートはいささか面映《おもは》ゆい思いで口を開く。

「いえ……実は、私一人で考えたことではありません。タジェス——殿下《でんか》から色々と言われたこともありまして。その場しのぎの出稼《でかせ》ぎに精を出すよりも、王子としてやるべきことがあるのではないかと……考えるようになりました」

「タジェス殿下が……」

考え込むような光を瞳にのぞかせて呟き、リュシエイル王女はそうですかと感情のこもらぬ言葉を口に乗せる。

「それは、殿下にもお礼を言っておかなければなりませんね——ところでユート。また旅先で殿下を危険な目に遭《あ》わせたと聞きましたが？」

「え？　誰《だれ》がそれを……!?」

ぎくりと身をこわばらせてユートが応え、同時に失言に気づいて慌《あわ》てて手で口を塞《ふさ》ぐ。

しかしその行動はリュシエイル王女の問いかけを肯定《こうてい》するだけのもので、恐《おそ》る恐るユートが目を上げるとうっすらと微笑《ほほえ》んだ姉の顔が視界に入った。

(馬鹿《ばか》か！　なにをやってるんだ俺は——というか、誰があのことを姉上に？　タジェスとはダノスでの事件については話さないでおこうということで決着がついて……)

そこまで考えたところで一つの可能性がユートの頭に浮かび、ほとんど同時にリュシエイル王女の言葉がその可能性を現実のものとした。

「イルから聞きました」

(やっぱりか、あの馬鹿——!!)

口止めはしてあったものの、イルの性格は隠《かく》し事にはまったく向いていない。

うっかり口を滑《すべ》らせたのか巧妙《こうみょう》に聞き出されたのか、それは不明だったがおかげでユートが窮地《きゅうち》に陥《おちい》っていることはまぎれもない事実だった。

　心の中でイルへの文句を並べ立てながら、ユートは懸命《けんめい》に抗弁《こうべん》を試みる。

「それは、その……事実ですが。不可抗力《ふかこうりょく》というか……結果的にそうなったというか——よんどころない事情がありまして」

「どのような事情があれ、他国からのお客様である殿下を危険な場所に連れて行くというのはあまり感心できません。厚意《こうい》によって親しくさせていただいているとはいえ、タジェス殿下はこれからのニーザベイムにとって、なくてはならない大切な人なのですから」

「……はい」

　悄然《しょうぜん》とうなだれて応えるユートに、リュシエイル王女は鷹揚《おうよう》にうなずきを返す。

「殿下から様々なことを学ぶのは、あなたにとって決して悪いことではないでしょう。ですがつけるべきけじめはつけなくてはなりません。殿下の厚意にただ甘えるばかりではなく、自分自身で考え、判断なさい——フォーレの王子としてどう振《ふ》る舞《ま》うべきかを」

　複雑な表情でユートはもう一度「はい」と応え、紙綴じを小脇《こわき》に抱《かか》えて一礼する。

　そのまま部屋を歩み出て行くユートの背中を、リュシエイル王女はどこか物思わしげな瞳で見送った。

1

赤い砂岩が連なる景色の中を、速歩《はやあし》で進む三頭の騎馬《きば》の姿があった。

手入れの行き届いた馬は毛艶《けづや》も美しく、馬具は古びてはいるが十分実用に耐《た》えうるものだ。蹄鉄《ていてつ》を打った足は力強く地面を蹴《け》り、薄く砂埃《すなぼこり》を舞い上がらせながら乾《かわ》いた土に覆《おお》われた道を進んでいく。

「……だから、どうしてお前がついてくるんだ!?」

しかし周囲に響《ひび》き渡《わた》るのは馬蹄の音ばかりではなく、頭を抱えんばかりにして怒鳴《どな》る少年の声も含《ふく》まれていた。

苛立《いらだ》たしげな声に、やや後方を走る馬の騎手はこともなげに応える。

「どうしてって……君が行くところなら、どこであろうと私も一緒《いっしょ》についていくつもりだよ？　私の力が必要だと、ついこの間言ってくれたばかりじゃないか」

「力を貸してくれと言った覚えはあるが、昼夜問わずにつきまとえと言った覚えはないっ！」

「昼夜って――ずいぶん大胆《だいたん》なことを言ってくれるね。それは昼も夜も私と一緒にいたいってことかい？　私としては非常に嬉しいが……」

「……誰がいつそんなことを言った!?　お前の耳はパンの耳かっ!?」

額に青筋を立てて怒鳴りつける少年――ユートに、タジェスはくすりと笑って「冗談《じょうだん》だよ」

と言葉を返した。

「それに、たいして意味は違《ちが》わないじゃないか——君が私に力を貸して欲しいと言ったから、私はできる限り君と行動をともにしようと思ったんだよ。君は照れ屋な上に、なんでも自分で解決しようとする傾向《けいこう》があるから、いつも一緒にいないと手を貸す機会を失ってしまう」

「……必要とされるまで待とうという気にはなれんのか、お前は」

それでは押し売りと変わらんぞ、とうんざりした様子を隠さずにユートは呟く。

タジェスは笑《え》みを残した瞳《ひとみ》でその顔を見つめやったあと、わざとらしく目を伏《ふ》せて傷ついたように震《ふる》える声で言った。

「そんな……押し売りだなんて。私はただ、君の役に立ちたくて……初めて君が自分から私を頼《たよ》ってくれたのだから、その気持ちに精一杯《せいいっぱい》応えようと……」

「大の男が泣き真似《まね》をするな、うっとうしい!!」

こらえきれないように怒声《どせい》を放ちながら、ユートはがばりと背後をふり返る。

はずみで被《かぶ》っていた日差し除《よ》けの布がずれて、白く整った面《おもて》があらわになる。美貌《びぼう》の姫君《ひめぎみ》と言っても通用する繊細《せんさい》な容貌《ようぼう》は、黄みがかった明るい茶色の髪《かみ》を短く切っていてもなお印象を違《たが》えず——むしろ男装した少女のような倒錯《とうさく》した魅力《みりょく》を感じさせる。

木陰《こかげ》の葉のような深緑色の瞳に、さらに濃《こ》く影《かげ》を落とす長い睫毛《まつげ》。十代半ばの少年にしては小柄《こがら》かつ華奢《きゃしゃ》な体格も、性別を疑わせるのに一役買っている。

一方、ぺろりと舌を出して顔を上げるタジェスは、二十代前半の精悍《せいかん》な青年だった。

ユートと同じように通気性の良い布を頭から被り、その下に明るい色合いの袖《そで》の短い衣服を身につけている。布の下からこぼれる黒髪《くろかみ》は光の反射で金の色合いを帯び、琥珀色《こはくいろ》の瞳の輝く秀麗《しゅうれい》な容貌にいっそうの華《はな》を添《そ》えていた。

「う〜ん、やはり君に泣き落としは通用しないか……」

「当たり前だ！」

「女の子が相手だったら、泣き真似とわかっていても無視できないくせに……お姉さんたちの教育の結果とはいえなんだか悔《くや》しいね」

タジェスの言葉はユートの見えざる弱点をずばりと抉《えぐ》り、ユートは図星を指された不快感も手伝って険しい視線を彼に向ける。

その視線をそよ風のように受け流すタジェスから、ユートはさらに後ろの人物に視線を移し腹立ちまぎれの言葉を放った。

「大体、どうしてこいつが行き先を知ってるんだ!?　城を出た時にはついてきてなかったから、今回はうまく置いてこられたとばかり……」

まさか国境で待ち伏《ぶ》せされているとは思わず、目をむいて「どうしてお前がここにいる!?」と叫《さけ》んだのはつい二日ばかり前のことだ。

疑惑《ぎわく》というよりも確信の色を多分に含んだユートの言葉に、最後尾《さいこうび》の馬に乗っている人物はへらりと邪気《じゃき》のない笑みを浮《う》かべて応《こた》えた。

「すみません、ついうっかり口が滑ってしまって……」

「お前の口は滑りすぎだ!!」

この間のことだって、あれだけ姉上方には話すなと言っておいたというのに……とユートは口の中で付け加える。

リュシエイル王女に注意されたことに加え、ユート自身タジェスを危険に巻き込んだことに対して後ろめたさを感じていたため、今回は彼を巻き込まないようこれまで以上に慎重《しんちょう》に城を抜《ぬ》け出したのだが……

（イルの奴《やつ》が下手《へた》を打ったせいで、その努力も水の泡《あわ》じゃないか！）

ぎろりと鋭《するど》い目つきで睨《にら》みつけられ、イルが顔に浮かべた笑みを凍《こお》りつかせる。

こちらは癖《くせ》のない銀色の髪を長く伸《の》ばした、怜悧《れいり》な顔つきの青年である。首の後ろで一つに髪を束ね、銀縁《ぎんぶち》の眼鏡《めがね》をかけた姿は理知的といってもいいものだったが、薄《うす》水色の瞳にのぞく春の日向《ひなた》のような表情がその印象を全面的に裏切っていた。

「そ、そんなに怒《おこ》らなくても……今回は話を聞くだけだって、お——ユート様もおっしゃっていたじゃないですか。タジェス様が同行したところで危険は……」

「話を聞く程度のことだからこそ、わざわざこいつを連れて歩きたくなかったんだ！」

憤懣《ふんまん》やる方ないといった表情で声をあげるユートと、情けなく眉尻《まゆじり》を下げるイルの間でタジェスがまぁまぁ、と宥《なだ》めるように手を振ってみせる。

「そう怒らないでやってくれたまえ、ユート——イルなら口を滑らせるだろうと思って、彼に狙《ねら》いを絞《しぼ》ったのは私なんだから」

「だったらかえって悪い！　というか、それでこいつを庇《かば》っているつもりか⁉」

　ユートの怒声をものともせず、タジェスは非の打ち所のない笑顔のままユートの隣《となり》へと馬を寄せる。

「私の身を案じてくれるのは嬉《うれ》しいんだけど、交渉《こうしょう》ごとなら私を連れて行ったほうが便利だと思うよ。これでも君より長生きしている分、いくらか世慣れているつもりだし……」

「べ、別にお前のことなど案じては……この程度の交渉も自分でできないようでは、先が思いやられると思っただけだ！　それに、今回の交渉はそんなに難しいものでもないからな」

「そうかい？　商人から人気の商品の情報を聞き出すなんて、そんなに簡単なことでもないと思うけど……」

　タジェスの言葉にユートはどこまで話したんだ、と非難がましい目つきでイルを睨みつけてから、あきらめたように深いため息を吐《つ》いて言った。

「今回は相手が相手だ。それほど難しい交渉にはならんだろう……ただ、相手がこちらの望む情報を持っているかどうかが問題だが」

「でしたら、やっぱり組連の力を借りたほうがよろしかったんじゃ……？」

　組連——組合連合は、各国の商人や職人などの所属する組合の集合体である。

　カエルレウム大陸全土に支部を置き、組合員に対する仕事の斡旋《あっせん》や資金の貸し付けの他《ほか》に、その圧倒《あっとう》的な資金力と組織の力で手紙の配送や組合員以外に対しての融資《ゆうし》も業務として行っている。

フォーレは組連から多額の融資を受けていることもあって、他の国以上に組連との繋《つな》がりは強かった。頻繁《ひんぱん》に組連の幹部であるジスカールが顔を出すのがその証拠《しょうこ》で、彼から話を聞けばいいのではと言うイルにユートはあからさまに嫌《いや》そうな表情で言葉を返した。

「そんなことであいつに借りなんか作ってみろ！　どれだけ恩に着せられることになるかわからんぞ！」

「それは……まぁ、否定はしませんが」

「第一あいつがフォーレを訪問するのはしばらく先の話だ。それまでのんびり待ってなどいられるか——今は少しでも早く情報を手に入れて、新しい商品を作り出す算段を立てたいんだ。俺を信じて任せてくれた、エイル姉上や父上の期待に応えるためにも……」

決意を瞳に宿らせて呟《つぶや》くユートに、タジェスがほのかに苦笑《くしょう》を含んだ声を投げやった。

「あんまり思い詰《つ》めすぎるのは、君の良くない癖だよ。そこまで急いで結果を出そうとしなくてもいいんじゃないかい？　少なくとも君の家族はそんなこと望んでいないだろう？」

「それはそうだが……」

不満そうに唇《くちびる》を尖《とが》らせて、ユートはタジェスの顔を横目で睨む。

「必要な下調べは、すでに父上や姉上が済ませてくださってるんだぞ。おかげでかなり手間が省けた——全部一から調べていたら、何ヶ月かかったかわからないんだからな。そこまでお膳《ぜん》立《だ》てしてもらっておいて、俺がのんびり構えてなんていられるか！」

鼻息も荒《あら》く言い放つユートをむしろ好もしそうに見やり、タジェスがついでのような口調で問いの言葉を放つ。

「やる気があるのは大変結構だけど……なにを作るか決まっているのかい？」

うっと一瞬《いっしゅん》言葉に詰まってから、ユートはやや語勢を弱めて言った。

「候補はいくつか絞ってきたが、まずは話を聞いてからだな。俺は陶磁器《とうじき》などがいいと思うが……大量生産はできなくても、上手《うま》く人気が出れば高値で取り引きされるからな。フォーレの陶磁器はもともと品質は悪くないんだ。ただ……ちょっと地味なだけで」

「確かに地味というか……伝統的な草花模様だよね。人気の商品の図柄《ずがら》を参考にして、新しい陶磁器を作ろうってことか」

おとがいに指を当ててうなずくタジェスにちらりと目をやり、ユートはただ真似るだけでは駄目《だめ》だがな、と付け加える。

「それではすぐに飽《あ》きられてしまうだろうし、なにか独自の工夫《くふう》を加えないと……」

「王子のお姿を図案に組み入れるなんてどうです？」

いかにも名案と言いたげな笑顔で提案するイルに、ユートは呆《あき》れ混じりの言葉を返す。

「阿呆《あほう》か、お前――そんなもの、いったいどこの誰《だれ》が欲しがるっていうんだ⁉」

「きっと人気が出ると思いますけど？」

「同感だね。そんな商品があったら私だって欲しい――いや、むしろ私専用に生産してほしいくらいだ。君の姿がどこぞの知らない人間の目に触《ふ》れて、あまつさえ汚《きたな》い手で触れられたり、時には唇が君の顔に……そんなことは絶対に認められない！」

「妙《みょう》な想像をするな！　それ以前に、俺の肖像《しょうぞう》入りの陶磁器なんて作るつもりはない!!」

身悶《みもだ》えするタジェスに向かって怒鳴《どな》り、え～と不満そうな声をあげるイルを一睨みで黙《だま》らせると、ユートは肩《かた》をそびやかせて前方に視線を戻《もど》す。

「とにかく、そのへんの話も相談してみないと……なにか新しい技術でもあればいいが、そういうものはたいてい組連か、各国の管理下にあるものだしな。特許料を払《はら》って使わせてもらうという手もあるにはあるが……」

難しい表情で考え込むユートの横顔を見やり、タジェスが「大変だね」と声を投げる。

「でも、やると決めたからには全力を尽《つ》くす――だろう？　及《およ》ばずながら、私もできる限りの手助けをさせてもらうよ」

「当たり前だ」

きっぱりと言い返してから、ユートは思い出したように顔をしかめる。

「……だから、どうしてお前がついてくることが前提の話になっているんだ!?　さっさとフォーレに戻れ、さっさと!!」

「嫌だなぁ今更《いまさら》。それに君と私の仲じゃないか、そんなにつれなくしなくても……」

「そんな気色の悪い仲は存在しない！　あるとしたら『犬猿《けんえん》の仲』ぐらいのものだ!!」

「それってお互《たが》い嫌《きら》いあっていることじゃないんですか？　この場合、ちょっと使い方が違《ちが》うような……」

首を傾《かし》げるイルを置き去りにする勢いで、ユートは馬の速度を上げタジェスがそれを追いかけていく。

「ちょ、待ってくださいよ～！　二人して置いていくなんてひどいです～!!」

はたと我に返ったイルが慌《あわ》てて追いかけ始めた時には、二人の姿は強烈《きょうれつ》な日差しに白く染め上げられた景色の中、すでに遠く離《はな》れ去ってしまったあとだった。


そこから二日ほどの道のりを経て、三人がたどり着いたのはフォーレの南東にあるタルフェ国、その西端《せいたん》に位置するネベルという街だった。

街自体はさほどの大きさでもないが、交易の中継《ちゅうけい》地点となっているためそこかしこに荷物を満載《まんさい》した馬車や、それを護衛する傭兵《ようへい》の姿が見受けられる。ぎらぎらと日差しの照りつける中彼らの大半は軽装で、ユートたちと同じように日除《ひよ》けの布を被《かぶ》っている者が多かった。

「ふう、それにしても暑いね。前に来た時はこれほどじゃなかったと思うんだけど……」

「あの時は春の終わり頃《ごろ》だったろう。それにエルフォスやメイデル大湖のあたりは、このへんほど気温は上がらないし」

二日にわたる攻防《こうぼう》のあと、タジェスを追い返すのをあきらめたユートがむすりとした口調で言い返す。

それでも律儀《りちぎ》に応《こた》えるあたり、彼の態度も大分軟化《なんか》したといってよかった。

「向こうは比較的《ひかくてき》水が豊かだからな――あくまでもこの国にしては、だが」

ネベルの街も小さなオアシスを保有しているが、周囲を潤《うるお》すほどのものではない。

しかし旅人が水の補給をできる程度の余裕《よゆう》はあるため、街道《かいどう》を旅する商隊の多くはこの街に立ち寄り、それを見込んだ水や食料品の屋台もぽつぽつと通りに店を並べていた。

「ところで、お――ユート様。待ち合わせの場所はどちらで……？」

通りに並ぶ屋台を興味深そうな目つきで眺《なが》めていたイルが、ふと思い出したようにユートに顔を向けて言った。

「ああ……手紙では、街の中央の広場で待っているという話だったが……」

呟きながらユートは馬を進め、通りの先にある円形の広場に入っていく。

そこは商隊の休憩《きゅうけい》場所に指定されているらしく、十数台の馬車が広場のあちこちに固まって停《と》められているのが見えた。宿泊《しゅくはく》場所としても利用されているため、馬車からやや離れた場所には煮炊《にた》きした形跡《けいせき》も見られる。

ユートは馬を下りると、手綱《たづな》を引いて広場の中をゆっくりと歩き始める。

馬車には所有者を表す記章が、目立つ場所に打ち付けられている。一緒《いっしょ》に刻まれた名称《めいしょう》からして個人ではなく商会の所有するものが多いようだ。

やがてユートは目的の記章を見つけ出し、表情をゆるませて「ここか」と呟いた。

視線の先にあるのは並べて停められた二台の馬車で、箱形の荷台の上部には麦の穂《ほ》の記章とともに『ベイオード商会』という文字の刻まれた、真新しい銅板が取り付けてあった。

「……もしかして、君が会いに来たのって……？」

なにか思い当たったような表情で、タジェスがユートに顔を向けて声を投げようとした時、馬車の陰《かげ》から顔を出した人影《ひとかげ》がユートの姿を見て大声をあげた。

「――ユート！　もう着いたんだ⁉」

いささか押しつけがましいほどによく通る声は、タジェスにも聞き覚えがあるものだった。

ユートはあるかなしかの笑《え》みを浮《う》かべて、声の主へと目をやり――応えようとしたその口がぴたりと停止する。

深緑色の瞳《ひとみ》に浮かぶのは、困惑《こんわく》とも疑念ともつかない色だった。

「……誰だ、お前？」

思わずユートが口にしたその一言は、他《ほか》の二人の内心を代弁するものでもあった。

「ひどいなぁ、もう僕の顔を忘れちゃったの？　ほんの数ヶ月前に会ったばかりじゃないか。あんな冒険《ぼうけん》を一緒にした友達の顔を忘れるなんて、薄情《はくじょう》にもほどがあるよ！」

言いながら近寄ってくるのは、くるくると巻いた焦《こ》げ茶色の髪《かみ》の若者である。

簡素ながら質の良い衣服を身につけ、短い袖《そで》からのぞく腕《うで》や顔は健康的に日に焼けている。愛嬌《あいきょう》のある丸っこい空色の瞳には見覚えがあるような気もしたが、すっきりと整った顔立ちはユートの知っている人物とは似ても似付かないものだった。

「会いたいって手紙をくれたのはユートじゃないか！　だから出発を遅《おく》らせて待っていたっていうのに……顔を見るなりそれってあんまりじゃない⁉　そりゃ、ちょっと様変わりしたのは認めるけどさぁ！」

「……ケヴィン、なのか？」

恐《おそ》る恐る尋《たず》ねるユートに、若者――ケヴィンは顔いっぱいに笑みを浮かべてうなずく。

「驚《おどろ》いた……人間ここまで変わるものなんだね。確かに顔立ちそのものは同じだけど……同一人物にはとても見えないよ」

「本当にケヴィンさんなんですか？　縦横の比率がまったく違うんですけど……」

ぼそぼそと声をひそめてささやき合う二人にはかまわず、ケヴィンは硬直《こうちょく》しているユートの手を取って力強く握《にぎ》りしめる。

「でも、連絡《れんらく》をくれて嬉《うれ》しいよ！　僕のことなんて、すっかり忘れているかと思ったもの――なにか聞きたいことがあるんだって？　僕でよければなんでも相談に乗るよ！」

ぐいぐいと腕を引っ張りながら告げるケヴィンに、ユートは困惑を隠《かく》せない表情のまま為《な》す術《すべ》もなくついていく。

それも無理からぬことで、以前見た時とはケヴィンの体格はがらりと変わっていた。

やや太め――というよりも明らかにぽっちゃりしていた身体《からだ》はすらりと引き締《し》まり、身長もユートとほとんど変わらなかったのが、今は拳《こぶし》一つ分ほど高くなっている。

「どうしたんだ、いったい……ちょっとどころの変わりようじゃないぞ！　あの贅肉《ぜいにく》はどこへ行ったんだ!?」

「あれからずっと、父さんの手伝いでこき使われていたからね。合間に商売の勉強もして――頭を使うのがあんなに疲《つか》れるなんて思わなかったよ！　ゆっくりお菓子《かし》を食べている暇《ひま》もないし、現場を知るためだって荷運びの仕事までさせられるし……気がついたら、見ての通りすっかり肉が落ちちゃってさ！」

成長期で身長もずいぶん伸《の》びたし、とケヴィンはどこか嬉しげな口調で付け加える。

「それにしてもユートは変わらないね！　相変わらずの美人っぷり――っていうか、むしろ前にも増して磨《みが》きがかかってない？」

「誰《だれ》が美人だっ！　悪かったな、全然変わってなくて!!」

ほとんど反射的に怒鳴《どな》り返し、ユートはケヴィンの手を振《ふ》りほどく。

(俺だって成長期なのに……なんなんだこの違いは。蓄《たくわ》えていた脂肪《しぼう》を全部縦に伸びるために使ったんじゃないだろうな。いっそ俺ももう少し太るべきか……？)

内心切実な思いで呟《つぶや》くユートとケヴィンの間に、タジェスが如才《じょさい》のない笑みを浮かべながらさりげなく割って入る。

「ユートが美人だという意見には心から賛成だけど、ちょっと近すぎやしないかい？　あまり強引《ごういん》なのも感心できないよ？」

「あ……え～と、確か……誰だっけ？」

悪気のかけらもない顔で尋ねるケヴィンに、タジェスは顔だけは申し分のない笑みを作ったまま応える。

「タジェスだよ。忘れたのかい？」

「ああ、そうだった！　ごめんごめん、男の人の名前ってあんまり覚えられなくって！　確かそっちの人は――エルだっけ？」

「イルですよ～！　イル・グラースです！」

抗議《こうぎ》めいた声をあげるイルに「あ、そうだっけ？」と笑って応え、ケヴィンはユートに顔を向けると早口に言った。

「まぁ、細かいことはさておいて――せっかく来てくれたんだから、こっちでお茶でも飲んでいきなよ！　僕たちも出発前だから、あんまりゆっくりはできないけど……話をするくらいの時間はあるからさ！」

手招きするケヴィンに導かれ、ユートたちは馬車の後方へと歩み寄っていく。

周囲には下働きと覚しき男性や武器を身につけた護衛の姿があったが、ケヴィンが軽く手を振ってみせると彼らはそれぞれの持ち場に戻《もど》った。

馬車の横木に手綱を結び、ユートはケヴィンが座るよう示した木箱に腰《こし》を下ろす。

「ふうん……意外としっかりやってるんだな」

感心したように言うユートに、ケヴィンは瓶《びん》に詰《つ》められた茶をカップに注ぎながらいかにも心外そうに肩《かた》をそびやかせた。

「意外ってなんだよ！　僕だってちゃんとやる時はやるんだから！　この数ヶ月の努力を君に見せてあげたいよ!!」

「……いや、別の意味での成果は十分見せてもらったが」

鋳物《いもの》のカップを受け取りながら、ユートは微妙《びみょう》に視線を逸《そ》らして呟く。

ケヴィンはそんなユートの反応になにか言いたげな様子を見せたが、口には出さずにイルとタジェスにも茶のカップを手渡《てわた》すと椅子《いす》代わりの木箱に腰掛《こしか》けた。

自分も手に持ったカップに口を付け、ずびりと一口すすってから本題を切り出す。

「まぁ、いいんだけどさ——それよりも僕に聞きたいことってなに？　僕が答えられるようなことならいいんだけど……」

その言葉にユートも表情をあらため、真面目《まじめ》な顔つきでケヴィンに向き直った。

「お前に聞きたいのは、このあたりの国で最近流行している商品のことについてだ」

「流行？　どうしてそんなこと……なにかの仕事？」

「うん、まぁ……な」

言葉を濁《にご》すユートの顔を、ケヴィンは穴が開くほどにじっと見つめる。

眼差《まなざ》しの奥には未熟ながら計算高い商人の表情がのぞいており、ユートはいささか居心地《いごこち》の悪い思いを味わう。

やがてケヴィンは視線をゆるめ、茶目《ちゃめ》っ気を感じさせる表情で口を開いた。

「まぁ、いいか。他ならぬユートの頼《たの》み事だし——でも一応、その情報が僕たち商人にとってどれだけ重要なものかはわかってるよね？」

「もちろんだ。それなりの謝礼は払《はら》うつもりだし、ここで得た情報を使ってお前たちに損害を与《あた》えるようなことはしないと誓《ちか》う」

ユートの声にのぞいた真摯《しんし》な響《ひび》きに、ケヴィンはにこりと裏のない笑みを浮かべて首を横に振ってみせた。

「謝礼はいらないよ。ユートが商売敵《がたき》になるっていうならともかく、そうではないみたいだし――それにユートにはあの島で本当にお世話になったからね！」

「いいのか？　そりゃあ、ただで教えてもらえるというなら助かるが……」

「そのかわり――というわけじゃないんだけど、ちょっとユートに頼みたいことがあるんだ」

ケヴィンの言葉にユートはちらりと警戒《けいかい》するような表情を見せる。だが口に出してはなにも言わず、視線だけで言葉の続きをうながした。

「実は……これからニーザベイムまで商品の買い付けにいくところなんだけど、道中の護衛をお願いしたいんだ。最近ニーザベイムとの国境付近で砂環虫《サンドワーム》が大量発生してるみたいで、商隊同士で傭兵《ようへい》の取り合いみたいになっちゃってさ」

「……もしかして、一人も雇《やと》えなかったのか？」

「や、雇えることは雇えたんだよ、一人だけど！　だけど少し不安っていうか……」

ケヴィンの視線を追って馬車の後ろのほうに視線をやると、すでに七十は超《こ》えているのではないかという白髪《しらが》頭の男性が、馬の脇《わき》でのんびりと目を細めて座っている。

革《かわ》の胸当てや剣《けん》を身につけているところを見ると傭兵のようだが、少しどころでなく不安を誘《さそ》われる姿だった。

ケヴィンと微妙な視線を交《か》わし、ユートは難しい顔つきで考え込む。

砂環虫は乾燥《かんそう》した地域に生息する巨大《きょだい》なミミズのような生き物で、それほど凶暴《きょうぼう》ではないが縄張《なわば》りに入ってくる生き物を餌《えさ》と見なして襲《おそ》いかかってくることがある。大きいものだと人の身長の四、五倍はあり、そこそこ腕の立つ傭兵でも一人で撃退《げきたい》するのは難しいだろう。人の通る街道《かいどう》の近くには滅多《めった》に出没《しゅつぼつ》しないが、大量発生しているとなると生息域も広がっているはずで、どこで遭遇《そうぐう》してもおかしくない。

「護衛か……俺は特にかまわないんだが」

ユートが案じるような瞳《ひとみ》を向けたのはタジェスで、その視線に気づくとタジェスは力づけるような微笑《びしょう》を浮《う》かべてみせる。

対するユートの表情は晴れず、それを見てケヴィンは慌《あわ》てて言葉を重ねた。

「君にとっても悪い話じゃないと思うんだよ！　一緒《いっしょ》に来てくれれば人気のある商品について道中ゆっくり話してあげられるし、それに今回買い付けに行くのは、これから人気が出ること間違《まちが》いなしの新商品なんだから！」

「……新商品？」

「そう！　ニーザベイムのとある工房《こうぼう》が新しい釉薬《ゆうやく》を作り出してね。それを使った陶器《とうき》が完成したっていう話を聞いたんで、今のうちに仕入れられるだけ仕入れておこうと思ったんだ！　試作品を見せてもらったけど、あれは将来天井知らず《てんじょうしらず》の値が付くよ！」

「新しい陶器か……」

考え込むユートの袖《そで》を、くいくいと引いてイルがささやきかける。

「絶好の機会じゃないですか、お――ユート様！　どんな陶器かわかりませんが、新しく作る商品の参考になりますよ、きっと！　まだ市場に出回っていないというなら、この機会を逃《のが》したら今度はいつお目にかかれるかわかりませんし！」

「確かに……それはそうだが……」

煮《に》え切らない口調で呟きながら、ユートはもう一度タジェスの顔を横目で見やる。

その視線の意味を理解して、タジェスはわずかに苦笑《くしょう》めいた笑みを口元にのぞかせるとユートに顔を寄せて言った。

「私のことなら気にしなくてもいいよ。ニーザベイムまでは三日もあれば着くのだし、砂環虫なんて君の敵じゃないだろう？」

「それだけでもないんだが……いいのか？　フォーレにいるはずのお前がニーザベイムにいるところを誰かに見られたら、面倒《めんどう》なことになるんじゃ……？」

「駐在武官《ちゅうざいぶかん》だからって、別にフォーレから一歩も出るなと言われているわけじゃないからね。多少面倒くさいことになるのは事実だが、そこまで神経質になるようなことでもないさ。もちろん、知り合いに顔を見られないに越《こ》したことはないけどね」

「フォーレに戻れと言っても……聞く気はないんだろうな」

すでに半分あきらめの境地に達しているユートの声に、タジェスは笑顔でうなずく。

「もちろんだとも。大丈夫《だいじょうぶ》、基本的に自分の身は自分で守れるし、いざとなったら君が助けてくれるだろう？　商隊のついでに私を守ることくらい、君なら朝飯前のはずだものね」

「……護衛料を取るぞ」

悔《くや》しまぎれのように言うユートに、タジェスは平然と「日割りでいいのかい？」と声を返し、ユートは口を尖《とが》らせてふんとそっぽを向く。

（まったく、金持ちって奴《やつ》は……！）

胸の中で憤然《ふんぜん》と呟いて、ユートはきょとんとした顔で二人の密談を見守っているケヴィンに視線を戻した。

「わかった、引き受けよう――そのかわり、情報提供の件は忘れるなよ」

「本当!?　良かった～!!」

ユートの言葉の後ろ半分は聞こえていない様子でケヴィンは立ち上がり、屈託《くったく》のない笑みを浮かべてユートに抱《だ》きついた。

「おまっ、ちょ……危ないっ！」

「正直、断られたらどうしようかと思ってたんだよ～！　他《ほか》の商隊はもう出発しちゃったあとだし、護衛一人だけじゃ十日以上かけてぐるっと迂回《うかい》していくしかないかと……ユートがいてくれれば百人力だし、他の傭兵を雇うお金も浮いて一石二鳥――ああ、いやいや」

手にしたカップを取り落としそうになって慌てるユートを、しっかりと抱き締《し》めたままケヴィンは笑顔で告げる。

思わず本音を洩《も》らしかけ、慌てて口をつぐんだあたりはご愛嬌《あいきょう》というものだろう。

ユートはそんなケヴィンをじっとりとした目つきで見やったが、やがて我慢《がまん》できなくなったような笑みを口元にのぞかせて言った。

「お前……ずいぶんしっかりしてきたじゃないか」

「そりゃそうだよ！　父さんにみっちり鍛《きた》えられたんだから……商人はそのくらいじゃないと世の中渡《わた》っていけないんだよ！」

「確かに、それは真理だが……」

ユートは苦笑《くしょう》して、ケヴィンの身体《からだ》をぐいと押しのけようとする。

ほとんど同時にタジェスが手を貸し、ケヴィンはたやすくユートから引き剥《は》がされた。

「なんだよ！　人がユートと話しているのに～！」

勢い余って転倒《てんとう》しそうになったケヴィンが、タジェスに視線を向けて抗議《こうぎ》の声を放つ。

対するタジェスの視線は、笑みを含《ふく》んではいたが冷ややかなものだった。

「さっきから見ていれば、あまりにユートに対して馴《な》れ馴れしいんじゃないかい？　君は人と話をするのに、いちいち抱きつかないと気が済まないのかな？」

「そんなのユートが相手の時だけに決まってるじゃないか！　僕だってどうせ抱きつくなら、むさい男よりも見た目だけでも美人のほうがいいし！」

「……お前、俺に喧嘩《けんか》を売っているのか？」

物騒《ぶっそう》な気配を放つ言葉をユートが投げたが、それは彼を挟《はさ》んで向かい合う二人にあっさりと無視された。

「つまり美人だったら誰《だれ》でもいいってことかな――その程度の気持ちでユートにべたつくのはやめてもらいたいね。彼の価値は見た目ばかりではないのだし、非常に不愉快《ふゆかい》だ」

「僕がユートと仲良くするのに、君の許可は必要ないだろう！　自分がユートに邪険《じゃけん》にされているからって、僕に当たることはないじゃないか！　抱きつくくらい友達なら普通《ふつう》のことだし——うらやましかったら自分もやればいいだろう！」

「それが簡単にできれば苦労はないよ！　大体どうして人の名前は忘れてるのに、そんな余計なことは覚えてるんだい!?」

「印象が強すぎて忘れられなかったんだよ！　それに男の名前なんて全然興味なかったし！」

言葉の応酬《おうしゅう》を続ける二人を、ユートはこの上なく危険な目つきで睨《にら》みつける。

刻々と不機嫌《ふきげん》さを増していくその顔を不安そうにイルは見つめたが、ユートのまとう怒気《どき》に圧《お》されたように口を開くことはしない。

「お前らなぁ……」

低く発されたユートの声に、不吉《ふきつ》なものを感じたようにイルは身をすくめる。

「——いい加減にしろっ！　そんなくだらないことで言い争っている暇《ひま》があったら、さっさと出発するぞっ!!」

さながら迅雷《じんらい》のごとき怒号が響《ひび》き渡り、低次元の言い争いをくり広げていた二人を強制的に沈黙《ちんもく》させたのはその直後のことだった。

2

ユートたちはケヴィンの率いる商隊とともに、ニーザベイムへと向かって出発した。

二台の馬車と五名の随行員《ずいこう》によって構成された商隊だ。それにネベルの街で雇われた老傭兵《ようへい》とユートたちが加わり、総勢十名の旅となった。

途中《とちゅう》で二度ほど砂環虫に遭遇《そうぐう》したものの、すかさずユートが急所を突《つ》いて絶命させた。他の人間にまったく手出しをする間を与《あた》えない早業《はやわざ》には、少女のような見た目からユートの実力を危《あや》ぶんでいた随行員たちも考えを改めざるを得なかった。

老傭兵も出番を奪《うば》われたことを怒《おこ》る様子はなく、むしろ楽でいいと好々爺《こうこうや》そのものの表情で喜んでいる。

そのため順調に旅は進み、休憩《きゅうけい》のために停止した馬車の脇《わき》でケヴィンはユートに人気のある商品についての話をしていた。

「――やっぱり陶磁器《とうじき》だったら、花や果物を使った柄《がら》が人気が高いかな」

「だが、草花柄なんてありふれているんじゃ……？」

「もちろん、ただ花や果物が描《えが》いてあるだけじゃ駄目《だめ》だよ。重要なのは配置で……草花の枠《わく》に風景や人物画を加えるとか、透《す》かし模様の要所要所に果物を配置するとか、高値で売れるのはそういう凝《こ》った細工のものが多いね」

「そうか……」

難しい顔で考え込むユートを興味深そうに見やって、ケヴィンはああ、となにか思い出したように続ける。

「最近だと、ちょっとずつ柄を変えた揃《そろ》いの皿やカップなんかも注目されてるかな」

「柄を……変える？」

「うん。リース工房《こうぼう》やエリオン工房が始めたんだけど……同じ意匠《いしょう》で花の種類が変わっていたり、枠の中に描かれた風景が季節ごとの変化を表していたり。全体的な調和が取れているのが第一の条件だけどね――エリオン工房の季節の花々を描いた皿なんて、新作が出されるたびに各国の上流階級が争うように買ってるって話だよ」

残念ながら僕は扱《あつか》ったことがないけど、とケヴィンはわずかに苦笑して付け加える。

ユートは興味を引かれた様子でケヴィンの言葉を聞いていたが、彼が口を開こうとするより早く歩み寄ってきたタジェスが茶の入ったカップを差し出した。

「熱心なのはいいけれど、きちんと休憩も取らないとばててしまうよ？　特にユートは大活躍《だいかつやく》だったんだから……」

差し出された茶を礼を言って受け取りながらも、ユートはやや不平そうな顔を見せる。

「砂環虫の一匹《ぴき》や二匹倒《たお》した程度でばてるほど、やわな身体はしてないぞ」

「だけど暑いのは苦手だろう？　ちゃんと水分補給しておかないと――あ、お菓子《かし》もあるけど食べるかい？」

「……なんで僕の分はないわけ？　喋《しゃべ》って喉《のど》が渇《かわ》いてるのは僕のほうなんだけど」

恨《うら》めしげな目を向けて言うケヴィンに、タジェスはにこりと笑って遅《おく》れて付いてくるイルを視線で示した。

「君の分なら、今イルが持ってくるよ。自分とユートの分だけで、両手がふさがってしまったのでね」

「扱いにずいぶん差がある気がする……雇《やと》い主に対する敬意とかないわけ？」

「私はユートに付いてきているだけだからね。君に雇われているわけじゃないし……なんなら雇われてあげてもいいけど、私は高く付くよ？」

「こんな偉《えら》そうな護衛はいらないよ！　っていうか、どうしていつもユートにくっついているわけ、君は!?」

「それは私とユートが、切っても切れない強い絆《きずな》で結ばれているから――あ痛っ！」

ユートの肘《ひじ》がタジェスの脇腹《わきばら》を抉《えぐ》り、その台詞《せりふ》を強引《ごういん》に断《た》ち切る。

カップを傾《かたむ》けながら鋭《するど》い視線を向けるユートにタジェスは中途半端《ちゅうとはんぱ》な笑《え》みを返し、ようやくそこに現れたイルが不思議そうな顔で両者を見比べる。

しかしすぐにいつもの笑みを浮《う》かべ、彼はケヴィンに手に持ったカップを差し出した。

「どうぞ、ケヴィンさん」

「ありがとう――ちゃんとした人もいてくれて本当に良かったよ。ユートもタジェスも、人のことをなんだと思って……」

思わずユートは口に含んでいた茶を噴《ふ》き出しかけ、ごほごほとむせ返る。

タジェスも呆気《あっけ》に取られたような眼差《まなざ》しをケヴィンに向け、イルが感動で目を潤《うる》ませながらしみじみとした口調で言った。

「……初めて言われました、そんなこと」

「ちゃんとした人ってこと？　だって、イルは言葉遣《ことばづか》いも穏《おだ》やかだし、気遣いもできるし――まぁ、人っていうのとは少し違《ちが》うかもしれないけど」

最後の一言だけは周囲をはばかるように小声で付け加えるケヴィンを、ユートとタジェスは得体の知れないものでも見るような目で見つめる。

「……イルがちゃんとした人？　初耳だ」

「人かどうかという以前に……普段《ふだん》の言動を見ていたら、そんな言葉はとうてい出てこないと思うんだけど」

「似たもの同士、親近感でも感じているとか……？」

真剣《しんけん》な顔で言葉を交《か》わす二人に、イルはやや心外そうな表情になって声をあげる。

「お――ユート様、その言い方はあんまりですよ～！　それじゃまるで、私が普通ではないみたいじゃないですか!!」

「普通だとでも言うつもりか？　おこがましい!!」

「ちょっと、それはひどいんじゃない!?　いくら親しくったって……第一ユートに人のことが言えた義理!?　僕から言わせてもらえば、ユートのほうがよっぽど普通じゃないよ!!」

「なんだと！　こんな常識的な人間を捕《つか》まえてなにを言う!?」

もはや本題がどこにあったのかもわからない言い争いは、休憩時間の終わりを知らせる声が届くまで延々と続けられたのだった。


ネベルの街を出発して三日後。ユートたちはニーザベイムの国境の近くにあるリムナンデという小さな村にたどり着いた。

山間に位置する村には申し訳程度の畑しかなく、窯業《ようぎょう》が主な産業となっているようだ。

「早く早く、こっちだよ～！」

ケヴィンは村に着くなり、村長への挨拶《あいさつ》もそこそこに新しい陶器《とうき》を作り出したという工房へ足を向けた。

馬車は村の中心にある広場に停《と》め、村人を相手に随行員たちが行商を行っている。

「おい、慌《あわ》てなくても陶器は走って逃《に》げたりは……！」

「仕入れは早い者勝ちだよ！　幸いまだ他《ほか》の業者は来ていないみたいだし、今の内に少しでも商談を進めておかないと……！」

石を積み上げて泥《どろ》で固めた、小さな家が建ち並ぶ道をケヴィンは走っていく。

身軽になった分足まで速くなったのか、ユートたちを置き去りにしそうなほどの勢いでケヴィンが向かったのは、セルテ工房と看板を掲《かか》げている建物だった。

こぢんまりとした建物の前で足を止め、ケヴィンは入り口から中に向かって声をかける。

「こんにちは、ごめんくださ〜い！」

その声に応《こた》えて顔を見せたのはまだ若い男性で、彼は入り口に立つケヴィンを戸惑《とまど》ったような表情で見返した。

「……君は？」

「こちらの工房で新しい陶器が作られたと聞いたので、見せてもらいにきました！　僕はタルフェのケヴィン・ベイオード。品物の出来によっては、僕のところで取り扱わせてもらいたいと思っています！」

言いながら、ケヴィンは懐《ふところ》から出した商人組合の身分証を開いて男性に提示する。

男性は驚《おどろ》いたように身分証とケヴィンを見比べ、ややあってから素朴《そぼく》な印象の顔をほころばせて名乗り返した。

「お若い商人さんですね。私はオルバ――オルバ・セルテです。この新しい陶器が完成してからうちへ来たのは、あなたが初めてですよ。わざわざ来てくださって嬉《うれ》しいです――よければ、中へどうぞ」

手招きされてケヴィンはうきうきした足取りで建物の中へと足を踏《ふ》み入れ、そのあとに続きながらユートは声をひそめて彼に問いかけた。

「お前……いつの間にそんなものを？　この間までは持っていなかったよな？　組連の商人組合に所属するためには、それなりの上納金を収めなければいけないはずだし……それに試験だってあったはずだ」

組合連合の中核《ちゅうかく》を成しているのが商人組合で、正式に所属することによって様々な恩恵《おんけい》も受けられるがその分審査《しんさ》は厳しい。そのため、たいていの商人は自分の国の商業組合に所属するだけで済ませるものだった。

「だから、死ぬほど勉強したんだってば！　上納金は父さんに借金したけどね～」

おかげで返済が厳しくって、とケヴィンは肩《かた》をすくめてみせる。

「でも、どの国でも同じように商売しようと思ったら、商人組合の身分証はあったほうが絶対便利だし――それに、ここの陶器が大当たりすれば一気に返済できるよ！　今はまだ注目されてないけど、仕入れ値の五倍は絶対にいける！　人気が出るまで待てば、その倍の値が付いたって全然おかしくないんだから！」

同じように声をひそめながらも弾《はず》んだ調子を隠《かく》しきれずにケヴィンが言い、ユートは彼の口にした額に目を丸くする。

「五……十倍？　それはいくらなんでも……」

「楽勝でいけるよ！　僕は父さんが手に入れた試作品を見せてもらったけど、本当にびっくりするくらい綺麗《きれい》だったんだ！」

興奮したケヴィンの様子に、遅れてついてきたタジェスとイルが顔を見合わせる。

「見ればわかるって！　百聞は一見のおかずっていうだろ！」

「……それを言うなら、『一見にしかず』だ」

内心これでよく試験に通ったものだと思いながら、ユートが渋《しぶ》い表情で訂正《ていせい》する。

ケヴィンはそうだったっけと悪びれない表情で舌を出し、先導するオルバに続いて建物の奥へ向かった。

建物は入ってすぐのところが商品を並べた小部屋になっており、美しい紋様《もんよう》の描《えが》かれた皿や壺《つぼ》などが整然と陳列《ちんれつ》されている。それだけでも十分見応えはあったが、目当ての新作はそこにないらしくオルバは奥の作業場へと彼らを案内していった。

「すみません、まだ準備ができていなかったもので……こんなに早く、買い付けに訪《おとず》れる方がいらっしゃるとは思っていませんでしたから」

恐縮《きょうしゅく》した様子でオルバは作業場の棚《たな》に向かい、一つの陶器を手にして戻《もど》ってくる。

それは透《す》きとおるような淡《あわ》い水色の地に、同色の濃淡《のうたん》で流麗《りゅうれい》な紋様の描かれた優美な水差しだった。持ち手は水の流れを模したような柔《やわ》らかな曲線を描き、蓋《ふた》には王冠《おうかん》型の飛沫《しぶき》のような形をしたごく小さなつまみがついている。

作業台の上に置かれた水差しを見て、ユートはごくわずかに目を見はった。

新しく開発された釉薬《ゆうやく》の効果だろうか——艶《つや》やかに光を弾《はじ》き返す表面は、うっすらと虹色《にじいろ》の輝《かがや》きを帯びているようにも見える。

「これは……」

思わず呟《つぶや》いたユートの横から、タジェスがひょいと顔を出して感心したように言った。

「確かに、これは素晴《すば》らしいいね……こんな光沢《こうたく》は見たことがない」

「本当ですね～」

二人の後ろでイルがうんうんとうなずき、オルバは彼らの容姿にやや驚いたような目を向けてから、嬉しそうに頬《ほお》をゆるめた。

「この艶を出すのに苦労したんですよ。あまり光りすぎても下品に見えるし、かといって薄《うす》くしすぎるとヒビやムラができやすくなってしまうし……何度も配合を変えて試《ため》して、ようやく納得《なっとく》のいくものが作り出せるようになったんです」

「その製法を——教えて欲しいというのは無理だろうな」

駄目元《だめもと》のつもりで尋《たず》ねるユートに、苦笑《くしょう》を浮《う》かべてオルバは首を横に振《ふ》ってみせる。

「残念ですが、そういうわけには……新しい技法や商品は国の職人組合に申請《しんせい》する決まりですし。私の一存で教えるわけにはいかないんですよ」

「そうか……いや、すまなかった」

ユートは大人しく引き下がり、かわりにケヴィンがオルバに詰《つ》め寄った。

それまで大人しかったのは、ふるふると肩を震《ふる》わせて陶器に見入っていたためだ。こらえきれないような興奮で顔を赤く染め、彼は鼻息も荒《あら》く言い放つ。

「すごいですよ、これ……！　前に見た試作品の何十倍もこっちのほうが綺麗だ！　新しい釉薬の効果もあるんだろうけど、それを最大限に引き出しているのがこの形と色だよ！　たとえ同じ釉薬を使ったところで、他の人じゃ半分の魅力《みりょく》も出せないに決まってる！」

「……あ、ありがとうございます」

ほとんど食いつかんばかりの勢いに圧倒《あっとう》されながらも、オルバは礼の言葉を述べる。しかしその言葉はケヴィンの耳には半分も入っていなかった。

「お願いします、これを僕に売ってください！　こんな素晴らしい品を扱《あつか》えるなら商人冥利《みょうり》につきますよ！　僕はこんな若造だし、経験が足りないのは百も承知だけど……見る目だけなら誰《だれ》にも負けないつもりです！　これは絶対人気商品になる！　試作品を見た時から思っていたけど、ここに来て確信しました!!」

「は、はぁ……」

「本当に素晴らしいです！　この艶、この形……これなら二十万グラン出しても元は取れる。いや、四十万くらいでも……」

慎重《しんちょう》な手つきで水差しを取り上げ、うっとりとした目つきで頬をすり寄せようとするケヴィンを、ユートがさすがに制止しかけた時だった。

二人の間から伸《の》ばされた手が、ケヴィンの手にした水差しを取り上げた。

「え……!?」

思わずふり返ったユートが目にしたのは、複雑な地模様を織り込んだ緋色《ひいろ》の上着を無造作に羽織った大柄《おおがら》な男性だった。

くるぶしまである長さの上着には、大胆《だいたん》に金の縫《ぬ》い取りがほどこされている。中に着ているのは艶のある生地《きじ》のシャツで、首からは精緻《せいち》な細工の黄金の首飾《くびかざ》りが幾重《いくえ》にも重ねて下げられている。人によっては悪趣味《あくしゅみ》にも見えかねないほど華美《かび》な服装だったが、二十代半ばと覚しきその男性にはよく似合っていた。

浅黒い肌《はだ》に刻まれた、どこか野性味の残る秀麗《しゅうれい》な容貌《ようぼう》のためかもしれない。あるいは、背の半ばまで届く黄金を紡《つむ》いだような髪《かみ》のせいか——荒々《あらあら》しく撥《は》ねるその髪は、どんな装飾品《そうしょく》をも圧倒する輝きで男性の姿を彩《いろど》っている。

「——汚《きたな》い手で触《さわ》るな」

その男性は、葡萄《ぶどう》酒色の瞳《ひとみ》でケヴィンを見下ろすと笑《え》みのかけらもない声で言った。

ぞくりとするほどに響《ひび》きの良い低声だったが、人を人とも思わないような傲慢《ごうまん》さがそこには満ちていた。

遅《おく》れてふり返ったケヴィンが、いきなりの発言と男性の風体《ふうてい》にぎょっと目を見開く。

「声をかけても誰も出ないので、勝手に入らせてもらったぞ——それにしても汚い部屋だな」

言いながら男性は手にした水差しをじろじろと眺《なが》め、やがて満足したような笑みを浮かべてオルバを見た。

「おい、これをもらおう。これと同じ種類の陶器《とうき》があったら、それも全部だ」

オルバに向かって傲然《ごうぜん》たる態度で告げると、男性は鼻の頭に嫌《いや》そうに皺《しわ》を寄せる。

「それと清潔な布はないのか。まったく、べたべたと遠慮《えんりょ》なく触りやがって——熱湯を持ってこい、熱湯を！　こんな奴《やつ》の手《て》垢《あか》が付いたままでは商品の価値が下がる！」

「ちょ、ちょっと……！」

さすがにたまりかねた様子で、ケヴィンが憤然《ふんぜん》と男性に食ってかかる。

「どういう意味だよ！　人を汚《きたな》い物みたいに——それに商談の途中《とちゅう》なんだから、割り込まないでくれないか⁉」

「割り込む？　馬鹿《ばか》も休み休み言え。お前が俺の邪魔《じゃま》をしているんだろうが」

「な——んだって⁉」

「多少到着《とうちゃく》が早かった程度で優先権でも主張する気か？　身の程《ほど》ってものを知らないのか——そこにいるだけでも目障《めざわ》りだから、さっさと消え失《う》せろ」

あまりの言いようにあんぐりと口を開けたケヴィンが、顔を真っ赤にしてなにか言いかけた瞬間《しゅんかん》ユートが彼の肩に手をかけた。

「ユート！　止めないで——」

喚《わめ》きかけるケヴィンをぐいと横に押しやり、ユートは胸を反らして男性を睨《にら》みつける。

「人に対する最低限の礼儀《れいぎ》もわきまえていない部類の馬鹿と、わざわざ同じ土俵に立ってやりあう必要はないだろう。自分も馬鹿だということを証明するようなものだぞ」

凍《こお》りつきそうに冷ややかな声で告げるユートを、男性はわずかに目を見はって見返したあと面白《おもしろ》がるような笑みを口元に浮かべる。

後ろに控《ひか》えている護衛らしき男に、手にした水差しをぐいと押しつけて彼は言う。

「俺が馬鹿だと？　可愛《かわい》らしい面《つら》をして、ずいぶん好き勝手言ってくれるじゃないか」

ユートの全身にみなぎる怒気《どき》がさらに膨《ふく》れ上がるのを感じていないように、男性は手を伸ばしてその顎《あご》に指先をかける。

「――っ！」

「だが、この顔は実に俺好みだ。気の強そうなところも悪くない――」

ユートは半ば反射的に男性の手を払《はら》いのけようとしたが、それよりも早く男性は手を離《はな》して素《す》早《ばや》く引っ込めた。

「躾《しつ》け直すのには時間がかかりそうだがな……それはそれで一興か。お前、名前は？」

「礼儀《れいぎ》知らずの馬鹿に名乗る名前はない」

すっぱりと切り捨てるようにユートは声を返し、男性に背を向けようとする。

男性はその腕《うで》を掴《つか》んで強引《ごういん》にふり向かせ、眉《まゆ》を寄せたユートが男性の手を振り払おうとした時にやりと笑んで言葉を投げた。

「俺はレイザムのファイズ・ルベナリア――お前の名は？」

ユートは一瞬嫌《いや》そうに眉を寄せたものの、相手が名乗りを上げたことで仕方なく口を開く。

「ユート・エインだ」

それだけ応《こた》えて、ユートはファイズの手を乱暴に振りほどく。

ファイズは極上《ごくじょう》の緑柱石のようなその瞳を獲物《えもの》を前にした獣《けもの》のような目つきで見つめ、口を開こうとしたところでタジェスが両者の間に割り込んだ。

「彼に目を付けるとはお目が高い――と言いたいところだが、君なんかが気安く口説いていい相手じゃないんだよ。私にだって簡単になびいてくれないんだからね」

「おい……」

尖《とが》った視線を向けるユートにかまわず、タジェスは鋭《するど》く光る琥珀《こはく》の目をファイズに向ける。

「ここへは買い付けに来たんじゃなかったのかい？　商談そっちのけで美人にうつつを抜《ぬ》かすようでは、商人としての実力もたかが知れていると思うけれど」

ファイズは笑みを消してタジェスの顔を見つめると、ふんと鼻を鳴らしてオルバに歩み寄っていく。

「……別に、助けてくれと頼《たの》んだ覚えはないぞ」

「わかってるとも」

むすりとした顔で言うユートに、タジェスは笑顔で私が嫌だっただけさ、と応じる。

自分を無視して商談を再開しようとするファイズに、ケヴィンは再び抗議《こうぎ》の声をあげようとしたが、その寸前ファイズはケヴィンに向かって何気なく言葉を放った。

「おい、そこのお前。あの水差しにお前ならいくらの値を付ける？」

「え？」

いきなりの問いかけに目を白黒させてから、ケヴィンは首を捻《ひね》って素直《すなお》に応える。

「二十……四十――いや五十万！　それだけ出す価値はある！」

その言葉にオルバはやや驚《おどろ》いたように目を見はったが、ファイズはふんと鼻で笑うと背後の男に低く声を投げた。

「クルディット」

進み出た男が水差しを台に置き、その横に重そうな革《かわ》の袋《ふくろ》を並べた。

袋の口を縛《しば》っている紐《ひも》を解き、逆さにして持ち上げるとじゃらじゃらと音を立てて台の上に黄金の輝《かがや》きが零《こぼ》れ落ちる。

台の上に散らばったシルス金貨を、ケヴィンはぽかんと口を開けて見つめた。

「その倍の値段でこれを買う。文句はないな？」

ケヴィンと同じく呆然《ぼうぜん》と金貨を見つめていたオルバが返事をするより早く、ファイズはにやりと笑って台の上の水差しを取り上げた。

「他《ほか》に完成したものがあるなら、すべて同じ値で買ってやる。この品に五十万などという値を付けるボンクラには売らんほうがいいぞ――その程度の目しか持たない商人と付き合っても、損をするのが関の山だ」

「な……!?」

怒《いか》りの声をあげるケヴィンに、オルバはちらりと申し訳なさそうな目を向けると棚《たな》の中からいくつかの皿や壺《つぼ》などを取り出した。

ごく淡《あわ》い色調で紋様《もんよう》の描《えが》かれたそれらは、どれもうっすらと真珠《しんじゅ》色の輝きをまとっている。

全部で十数点に及《およ》ぶ陶器を満足そうに眺めやり、ファイズはクルディットと呼んだ男に向かって再度視線を送る。クルディットは足元に置いた鞄《かばん》の中から、もう二つほど革袋《かわぶくろ》を取り出すと台の上の隙間《すきま》にどさりと並べた。

「計算はまかせる。端数《はすう》が出たら取っておけ――小銭《こぜに》を数えるのも面倒《めんどう》だ」

もはや口をぱくぱくと開閉させるしかないケヴィンを無視してオルバに命じ、ファイズは手にした水差しを台に戻《もど》す。

その目をわずかに細め、彼は身を屈《かが》めるようにしてオルバの耳元で言った。

「もし、これからは俺のところにだけこの新しい陶器を卸《おろ》すというのだったら、毎回同じ額を払ってやってもいいぞ？　俺はこいつが気に入った。見る目のない他の商人などに取り扱《あつか》わせるのはもったいない」

「そ、それは……」

動揺《どうよう》しながらもオルバがうなずくのを確認《かくにん》して、ファイズは低く笑うと部屋をあとにする。

入れ替《か》わりに入ってきた男たちが、布や藁束《わらたば》で陶器を梱包《こんぽう》し始めたところでケヴィンは我に返ってファイズを追いかけ、ユートも慌《あわ》ててそのあとに続いた。

「ちょ、ちょっと待てよ！　僕が最初に交渉《こうしょう》していたのに――！」

すでに建物の外まで出ていたファイズは、うるさげに首を振《ふ》ってケヴィンを見返す。

「それがどうした？　高い値を付けたほうに売るのは当たり前のことだろうが。文句があるなら俺が付けた以上の額を出すんだな。まぁ、だとしても俺はまたそれ以上の値を付けるつもりだが――」

「ど、どうしてそこまで……！」

「俺は自分の気に入ったものは、すべて手に入れなければ気が済まん。俺が値を付けて俺の目にかなった人間にだけ売る――他の人間の手になど絶対に触《ふ》れさせてたまるか。お前みたいなへっぽこ商人ならなおさらだ」

「な……!!」

かっとなってファイズに摑みかかろうとしたケヴィンを、ユートが素早く止める。

「落ち着け！　手を出したら相手の思うつぼだぞ！」

ユートの視線の先に、手を伸《の》ばせばすぐ届くほどの位置に立っているクルディットの姿を見《み》出《いだ》して、ケヴィンは打たれたように動きを止める。クルディットの顔に表情はなかったが、ファイズに手出しをしようものなら実力で排除《はいじょ》されるのは目に見えていた。

ファイズはちっと軽く舌打ちをすると、薄《うす》く笑《え》みを含《ふく》んだ目をユートに向けた。

「あっさり見抜《みぬ》かれるとはな——つまらん。そこのひよっ子に少し身体《からだ》で学習させてやろうと思ったんだが」

「俺はこいつの護衛だ。雇《やと》い主に危害が加えられるのを、黙《だま》って見ていられるか」

瞳《ひとみ》を鋭く光らせてユートは声を返し、ファイズは口元の笑みをくっきりと深める。

「そのへっぽこ商人ごときにはもったいない護衛だな……今からでも、俺と契約《けいやく》する気はないか？　そいつの三倍は出すぞ？」

「あいにくだが、こいつには前払《まえばら》いで報酬《ほうしゅう》をもらっているのでな——それにこいつと同じ報酬をお前が支払《しはら》ってくれるとも思えん」

ユートの返答にファイズはあからさまに不快そうな表情を見せ、彼が声を発するより早くユートたちを追って工房《こうぼう》を出てきたタジェスが棘《とげ》のある口調で言った。

その背後にはイルの姿もあり、心配そうな顔でユートとケヴィンをうかがっている。

「そう、彼には関《かか》わらないほうがいいよ、ユート——ずいぶんと派手な商売をしているみたいだからね。高値で商品を買い占めていくくらいならまだ可愛《かわい》げがあるが、工房の商品を丸ごと独占《どくせん》しようとするというのは……まともな商人のやり方じゃない」

集まる視線をものともせずに告げ、タジェスはユートにわずかに和《なご》めた視線を向ける。

「ニーザベイム国内では他国人の商売には一定の規制がもうけられているからね。あのやり方では上に目をつけられるのも時間の問題だ。ただの商品ならまだしも、大きな利益を生み出す新商品を独占しようとしたとなると、下手をすればニーザベイム国内での商業権の剝奪《はくだつ》ということにもなりかねない」

「なんだ、そんなことか」

タジェスの言葉に、ファイズはかけらも動揺するそぶりを見せなかった。嘲《あざけ》りの色を宿した視線をタジェスの顔に向けて、

「その程度のこと、金でどうとでもなるさ。管轄《かんかつ》の役人を何人か買収してしまえば済むだけのことだからな。規制だなんだと言ったところで、運用するのはしょせん人間——そんなものにびくつくのは二流、三流の商人だけだ」

そこのひよっ子みたいな、な——とファイズはケヴィンに視線を当てて付け加える。

ケヴィンが頰《ほお》を紅潮させて口を開こうとした時、ファイズは懐《ふところ》から取り出した鳥の卵くらいの大きさの真ん丸な珠《たま》を彼に向かって放《ほう》り投げた。

「う——わっ⁉」

ケヴィンは反射的に上げた手で、顔の真正面に飛んできた球を受け止める。

ゆるやかな放物線を描いて飛んできた球はケヴィンにもかろうじて受け止められたが、手の中の球を見下ろした瞬間《しゅんかん》、彼は思わずそれを放り出しそうになった。

「こ、これ——まさか⁉」

驚きのあまり放り出しかけた珠を、ケヴィンはわたわたと手を振り回して必死の形相で掴み取る。二、三度お手玉のように空中で弾《はず》ませたのち、手の中に収まった珠をケヴィンは安堵《あんど》の表情で見下ろした。

その様子をあぜんと見守っていたユートが、困惑《こんわく》のにじむ声をケヴィンに投げる。

「ケヴィン……？　なんだそれは？」

滝《たき》のような冷や汗《あせ》を流しながら、ケヴィンが珠を包み込んだ手を恐《おそ》る恐る開く。

その手の中にあったのは、繊細《せんさい》この上ない彫刻《ちょうこく》をほどこした金褐色《きんかっしょく》の珠だった。彫《ほ》り込まれた紋様からは奥が透《す》けて見え、中が空洞《くうどう》になっていることがわかる。

「メ、メルビムの透かし玉……南方のメルビム国特産の金珊瑚《さんご》で作られた宝飾品《ほうしょくひん》だよ。この大きさでこれだけの細工の品となったら、一千万は下らないはず……」

「い——一千万⁉」

愕然《がくぜん》と声をあげ、ユートはケヴィンの手の中に収まった珠を見下ろす。

くつくつと笑いながら、ファイズはそんな二人の様子を愉快《ゆかい》そうに見やって言った。

「そいつの持つ価値程度はわかるか……だったら、俺とお前の商人としての格の違《ちが》いもわかるはずだ。これだけの品を一度でも取り扱ったことがあるか？　あるまい——それどころか触れるのも初めてのはずだ」

ケヴィンは反論できずぐっと言葉を呑《の》み、ファイズは彼に向かって手を突《つ》き出してみせる。

「お前ごときが俺の気に入ったものに手を出そうなど、十年——いや百年早い。それを返してさっさと俺の目の前から消えろ。これからは身の程《ほど》をわきまえて、お前に相応《ふさわ》しい小金漁《あさ》りに精を出すんだな」

「……………っ！」

屈辱《くつじょく》に顔を染めながらも、ケヴィンは突き出されたファイズの手に透かし玉を返そうと足を一歩踏《ふ》み出す。

その瞬間、ファイズがクルディットにちらりと目配せを送ったことに誰《だれ》も気づかなかった。

「——あっ!!」

悲鳴のような声をあげて、ケヴィンがもんどりうって転倒《てんとう》する。

顔面から激しく地面に叩きつけられて彼は「うぎゃっ！」と叫《さけ》んだが、痛みにのたうつ間もなく、その顔を上げて発した悲鳴はさらに大きかった。

「ああああああっ!!　透かし玉がっ!!」

ケヴィンの絶叫《ぜっきょう》を、ユートたちは表情を凍《こお》りつかせたまま聞いた。

落とすまいととっさに握《にぎ》りしめたのが悪かったのか——珊瑚の透かし玉はケヴィンの身体の下で粉々に砕《くだ》け散っていたのだ。

真っ青になるケヴィンに向かって、低く声を発したのはファイズだった。

「……おい、よくもやってくれたな」

感情を削《そ》ぎ落としたような声に、がばりと顔を上げてケヴィンは必死に抗弁《こうべん》する。

「だって、今――そいつが足を！」

「一千万の品物だぞ？　どうしてくれるんだ……人の商品を破損しておいて、知らぬ存ぜぬで済ませる気じゃないだろうな？」

クルディットを指差して叫ぶケヴィンを無視して、ファイズは淡々《たんたん》と言葉を続ける。

ケヴィンの言葉で状況《じょうきょう》を理解して、ユートは血相を変えてファイズに詰《つ》め寄ろうとしたが、それよりも早くファイズがケヴィンの襟元《えりもと》を掴《つか》んで強引《ごういん》に立ち上がらせた。

動揺と怒りをないまぜにした空色の瞳を、威圧《いあつ》するように至近距離《きょり》からのぞきこみ、

「自分の過失で他人に損害を与《あた》えておいて、言い逃《のが》れできるとでも思っているのか？　これが商人の間に伝われば、誰もお前とは取り引きしようとは思わなくなるだろうな。自分のしたことの責任も取れないような人間を、いったい誰が信用する？」

「言いがかりもはなはだしい！　お前の護衛が足を引っかけたんだろうが！」

怒《いか》りの声をあげるユートを、ファイズはうっすらと笑みをのぞかせた瞳で見返した。

「誰がそれを証明できる？　その瞬間をお前は見ていたのか？」

「――っ！」

「証明できなければ、自分の過失をごまかすためにそいつが嘘《うそ》を言っているのだと誰もが判断

するだろうよ。こいつが透かし玉を壊《こわ》したことだけは、まぎれもない事実なのだからな」

息を呑むユートにとどめのように言い放って、ファイズは半ばぶら下げられた格好のケヴィンに視線を移した。

「今ここで壊した物の弁償《べんしょう》をするか、商人としての信用を失うか——好きなほうを選べ。俺にそこまでの影響《えいきょう》力がないと思っているのなら大間《おおま》違《ちが》いだぞ。これでも大陸西部では手広く商売をやっているし、名の通った商会にも知人がいる。お前のようなひよっ子一人潰《つぶ》すのはわけもないことだ」

「そんな……無理だよ！　今すぐ一千万なんて!!」

「だったら、こいつを預かっていく」

ファイズはケヴィンの襟元を放し、ユートの腕《うで》を掴んでぐいと引き寄せた。

「な……!?」

「待ってよ！　ユートは僕の持ち物じゃ……!!」

地面に放り出されて尻餅《しりもち》をついたケヴィンが身を起こして喚《わめ》き、タジェスが足を踏み出してなにか言おうとする。

それを遮《さえぎ》るように、ファイズはケヴィンを見返してはっきりと響《ひび》く声音《こわね》で告げた。

「こいつはお前と護衛の契約を結んでいるのだろう？　その契約を抵当《ていとう》にしてやろうというんだ。むしろここは感謝してもいいところだと思うがな」

「なにを——！」

「十日間だけ待ってやる。こいつを取り戻《もど》したいのなら、賠償金《ばいしょう》を用意して迎《むか》えに来るんだな——俺はしばらくディエの屋敷《やしき》に滞在《たいざい》している。まぁ、お前にその金が工面できるとは思わんが……」

嘲笑《あざわら》うように言って、ファイズはユートの腕を掴んだままケヴィンに背を向ける。

ユートはその腕を反射的に振《ふ》りほどこうとしたが、ファイズが声をやや落として告げた一言がユートの動きを封《ふう》じ込めた。

「あの小僧《こぞう》がどうなってもいいというのなら、好きにしろ」

思わず跳《は》ね上げた視線に、ファイズは冷ややかな笑《え》みを浮《う》かべて応《こた》える。

「俺はお前が気に入った。お前が大人しく俺のもとに来るのであれば、あの小僧のしでかしたことを不問にしてやるが——そうでないなら遠慮《えんりょ》する理由などない」

「お前……」

射殺しそうな目つきでファイズを睨《にら》んだままユートは呟《つぶや》き、わずかに唇《くちびる》を噛《か》むとケヴィンやタジェスたちに顔を向けて告げる。

「……迎えを待っている」

「おう——ユート様!」

すんでのところで言い換《か》えたイルに、ユートはほんの少しばかりの笑みを見せる。

追ってこようとするイルを視線で止め、硬《かた》い表情のタジェスにうなずきかけてからユートはケヴィンに目をやった。

半分泣き出しそうな表情の彼に、大丈夫《だいじょうぶ》だ、と口の動きだけで告げるとユートは三人に背を向けて歩き出した。

「ユート！」

ケヴィンの声が響き渡《わた》ったが、ユートは足を止めることもふり返ることもしなかった。

工房《こうぼう》からは木の箱を抱《かか》えた男たちが次々と出てきて、道の真ん中に停《と》められた数台の馬車に荷物を運び込んでいく。ファイズはその中でもひときわ豪華《ごうか》な馬車に向かって足を進め、彼の後ろに付き従っていたクルディットが荷物を運ぶ男の一人になにかささやきかけた。

男は居丈高《いたけだか》な態度でケヴィンを押しのけると、砕け散った透かし玉の破片《はへん》を回収する。布に包んだ破片を手に、男は忌々《いまいま》しそうにケヴィンを睨むと足早に馬車に向かって歩み去っていった。

「ど……どうしましょう？　お――ユート様が……」

おろおろと声を発するイルに、タジェスは言葉を返そうとはしなかった。

「せっかく……これからは傭兵《ようへい》以外の方法で稼《かせ》ごうとしていたのに。その矢先にこんなことになってしまうなんて……」

途方《とほう》に暮れたような呟きにも応えぬまま、タジェスは唇を引き結んで馬車を見据《みす》える。

やがて荷物を積み終えた馬車が、ユートの乗り込んだ馬車とともにガラガラと走り出すのを彼らは黙《だま》って見送ることしかできなかった。

3

薄《うす》くたなびく砂煙《すなけむり》を残して馬車が走り去ったあと、地面にへたり込んだケヴィンはよろめくようにして立ち上がった。

癖《くせ》のある髪《かみ》に両手を突っ込んで、食いしばった歯の間から呻《うめ》くような声をあげる。

「どうしよう……ユートが僕のせいで……！」

「ケヴィンさん……」

困り果てたような視線を、イルはケヴィンからタジェスへと移す。

タジェスは厳しい表情で馬車の走り去った方向を眺《なが》めていたが、彼の視線に気づくと口元に淡《あわ》い笑みをたたえて言った。

その笑みはいつもと変わらぬように見えたが、瞳《ひとみ》には鋭《するど》い光が見え隠《かく》れしていた。

「心配しなくていい。ユートは『待っている』と言っただろう？　私たちがディエまで迎えに行ってあげれば済むだけの話だよ」

「だけど……一千万グランなんて、そんな簡単に用意できる額じゃ……」

ケヴィンの声が暗いのは、ユートが連れ去られたことに対して責任を感じているためだけではなかった。

「組連には前回の借金だってまだ返し終わっていないし、今の僕の信用じゃ一千万なんて額の融資《ゆうし》は受けられないよ。この間船を買ったせいで貯金も残ってないし……あの船を処分するにしたって、父さんに管理を頼《たの》んでいるから今回のことを全部説明しないと……だけど、あんな手に引っかかって賠償金を払《はら》わされることになったなんて話したら、父さんも呆《あき》れ果てて僕を勘当《かんどう》するかもしれない……」

うなだれたケヴィンの目に見る見る涙《なみだ》が浮かび、声を詰まらせて彼は洟《はな》をすすり上げる。

「でも、僕がうっかりしていたせいでユートがあんな奴《やつ》に連れて行かれたんだから……どんなことをしても取り戻さなくちゃ……ぜ、全財産を処分してでもお金を用意してユートを助けに行かないと……」

「君がそんなことをしても、ユートは喜ばないよ」

ぐしぐしと顔を袖《そで》で拭《ぬぐ》い、決然とした顔で馬車に向かって歩き出そうとしたケヴィンをタジェスはやんわりと制止した。

「だって……！」

「ユートが大人しく連れて行かれたのは、君の商人としての信用が失われることを避《さ》けるためだよ――あの男が言っていたことがどこまで本当かはわからないが、それなりの影響力のある人間だったら君が商売を続けていくことは相当難しくなる。だからあの場では逆らわずに大人しくついていったんだ」

君がこれまで通り商売を続けていけるように、とタジェスは静かな声音で告げる。

「なのに君が全財産を失ってしまったら……今までと同じように商売を続けていけなくなって

しまったら、せっかくのユートの気持ちが無駄《むだ》になる」

「でも……じゃあ、どうやってお金を用意したら……！」

「大丈夫だよ。いざとなったらそのくらい、私が出してあげられるから」

片目を閉じてあっさりと言うタジェスを、ケヴィンはぽかんとした顔で見返した。

「そ、それくらいって……一千万だよ!?」

「まぁ、安い額じゃないが……ユートのために使うのだったら惜《お》しくはない。どうしても気になるというなら、あとで少しずつ私に返してくれればいいさ」

ユートもそうするつもりだろうし、とタジェスは内心で付け加える。

相当の無理でもしない限り、わずか十日でケヴィンに一千万の賠償金を工面するのが難しいことはユートにもわかっているはずだ。

となると、当てになるのはタジェスの個人的な資産だけだった。むろんタジェスもユートのためなら、賠償金を提供することにためらいはなかった。

(それくらいは頼《たよ》りにしてくれている……と思ってもいいだろう？　律儀《りちぎ》な君のことだから、あとで全額返済するつもりでいるにしても)

胸の中で呼びかけるように呟いて、タジェスはケヴィンとイルに視線を戻す。

「とにかく、お金のことなら心配はいらない。だからあんまり早まったことは考えないようにね――引っかけられたことに責任を感じているようだけど、あんな手を使ってくるなんて誰《だれ》も思わなかったのだから仕方がない」

「でも、僕が……」

「もちろん、君に責任がないなんて言うつもりはないけど。でもあの状況《じょうきょう》で、君に上手な立ち回りを期待するほうが間違《まちが》っているだろうしね」

にっこりと笑いかけられて、ケヴィンはやや恨《うら》めしげな表情となった。

「……さりげなく馬鹿《ばか》にしてない、僕のこと？」

「いや？　そんなつもりはかけらも……ただ事実を指摘《してき》しているだけだよ」

完璧《かんぺき》な笑顔で投げられた言葉に、さらに傷口を抉《えぐ》られてケヴィンはがっくりと肩《かた》を落とす。

だが、しばらくして上げられたケヴィンの顔には先程《さきほど》までの暗さはなく、力強い輝《かがや》きがその目の中に宿っていた。

タジェスは口元にうっすらと満足そうな笑みを漂《ただよ》わせて、ケヴィンとイルの顔を等分に見やって言った。

「では、私たちもディエに向かうとしようか。ここではお金の用意もできないからね――もちろん、素直《すなお》に払うつもりなどないけど」

低く付け加えた一言に、不穏《ふおん》な響《ひび》きを感じてケヴィンは目を上げる。

同時にその喉《のど》が低く呻き声ともつかない音を立てたのは、微笑《びしょう》を浮《う》かべたままのタジェスの瞳の奥に、凍《い》てついた鉄のような危険な光が宿っているのを見て取ったためだった。

思わず二、三歩後ずさりそうになりながら、ケヴィンは言葉を口にする。

「は、払う気はないって……？」

「あんなやり方でユートを手に入れようとするなど、断じて許し難《がた》い……あの男には少々痛い目を見せてやらなければ」

呟《つぶや》いた口元に浮かぶ笑《え》みは、一片の温かみも感じさせないものだった。

その声ににじんでいるのが本気の怒《いか》りであることを感じ取って、ケヴィンはぞくりと全身を震《ふる》わせる。救いを求めるようにイルを見たが、彼はどこか虚《うつ》ろな表情で馬車の走り去った方向を眺めているだけだった。

立ち尽《つ》くしている二人に向かって、タジェスは「行こう」と低く声をかけた。

それきりふり返ることなく歩き出すタジェスのあとを、恐々《こわごわ》とした足取りでケヴィンが追いかける。イルはしばらく呆然《ぼうぜん》とその場に留《とど》まっていたが、二人が歩み去ろうとしていることに気づくと慌《あわ》ててそのあとに続いた。

「ああっ、置いていかないでください～！」

妙《みょう》に空々しく響く声に目をやったのはケヴィンのみで、タジェスは視線一つ動かさず黙々《もくもく》と足を進めていった。


「――おい、これを着ろ」

目の前に投げ出された布の塊《かたまり》を、ユートは窓辺に片膝《かたひざ》を立てて腰掛《こしか》けたまま面白《おもしろ》くもなさそうな顔つきで見下ろした。

リムナンデの村を出て半日。ファイズの馬車は最寄《もよ》りの街へ到着《とうちゃく》し、貴族の持ち物と覚しき豪奢《ごうしゃ》な邸宅《ていたく》で一泊《いっぱく》することとなった。持ち主とファイズは懇意《こんい》にしているらしく、主《あるじ》が不在であるにもかかわらず下にも置かぬ持てなしようだ。

ユートが案内されたのも瀟洒《しょうしゃ》な家具の置かれた立派な客室で、身体《からだ》が沈《しず》み込みそうな絹張りの長椅子《ながいす》や繊細《せんさい》な彫刻《ちょうこく》のほどこされた腰掛けがあったが、ユートはそれらに目もくれず窓辺の浅い窪《くぼ》みに腰《こし》を下ろしていた。

「……なんだ、これは」

膝《ひざ》から滑《すべ》り落ちそうになる布を、ユートは眉《まゆ》を寄せて片手で摑《つか》み止める。

その態度も表情もお世辞にも愛想《あいそ》が良いとは言えなかったが、ここに来た経緯《けいい》を思えば無理からぬことだった。

しかしそんなユートの態度を意に介《かい》する様子もなく、ファイズは馬鹿にしたように鼻を鳴らして言った。

「見てわからんのか、服に決まっているだろう」

「それくらい俺にもわかる！　こんなものをよこす意味がわからんだけだ！　お前には護衛を着《き》飾《かざ》らせて楽しむ趣味《しゅみ》でもあるのか⁉」

そう言ったのは、手にした衣服がかなりの高級品だとわかったためである。

鮮《あざ》やかな空色の生地《きじ》は染めも織りも申し分なく、各所に繊細な縫《ぬ》い取りがほどこされているのも見てとれる。

ファイズはユートの抗議《こうぎ》を平然と聞き流し、ゆったりとした足取りで窓辺に歩み寄る。

思わず身構えるユートの襟元《えりもと》を、ごく軽く指先でつまんで、

「こんなみすぼらしい格好で俺の護衛をするつもりか？　お前はよくてもこっちが困るんだ。俺の側《そば》に立つ人間にはそれなりの格好をしてもらわないとな」

「そんなこと――」

知るか、とファイズの手をはね除《の》けようとしたユートの手を、ファイズは素早《すばや》く摑んで低く脅《おど》しつけるように言った。

「いいのか？　雇《やと》い主にそんな態度を取って――確かに、お前が俺のもとに来れば賠償《ばいしょう》金を不問にしてやるとは言ったが、それはお前がそれだけの価値をもっていればの話だ。あまり反抗《はんこう》的な態度を取るようなら、今すぐあの小僧《こぞう》に賠償金を請求《せいきゅう》してやってもいいんだぞ」

「……………」

「まぁ、どうせ金の用意などできてはいないだろうがな。その時は、あの小僧が貴重な品物を壊《こわ》して賠償もしなかったことを吹聴《ふいちょう》してやるだけだ。ケヴィンと言ったな――広場に停《と》まっていた馬車についていたのはベイオード商会の記章だったが、もしかしてあそこのボンクラ三男坊《ぼう》か？　噂《うわさ》に聞いていたのとはずいぶん横幅《よこはば》が違《ちが》っていたが……」

呟くファイズをユートは唇《くちびる》を嚙《か》んで睨《にら》みつけ、ファイズは薄《うす》く笑ってその手を離《はな》す。

いかにも嫌々《いやいや》といった様子でユートは手にした服を広げ――同時にその目が限界まで見開かれた。今度こそ嚙みつかんばかりの勢いで、ユートはファイズに向かって怒鳴《どな》る。

「なんのつもりだ、これは——女物じゃないか!!」

たっぷりと裾《すそ》を広く取った衣装はドレスでこそなかったが、優雅《ゆうが》に膨《ふく》らんだ袖《そで》や高い位置で絞《しぼ》られた腰から一目で女性用とわかる品だったのである。

揃《そろ》いのズボンが用意されているところを見ると、おそらく騎馬《きば》服だろう。

裾や袖口にはレースがあしらわれ、機能的な中にも品の良い華《はな》やかさを感じさせる。

「女物だが……なんの問題がある?」

それがどうしたと言わんばかりの口調で返され、ユートはこめかみに血管を浮き上がらせて手にした衣服をファイズの胸に叩《たた》きつけた。

「大いに問題ありだ！　俺は男だぞ!!」

「なにを言う、お前が男だと?」

一笑《いっしょう》に付そうとして、ファイズはわずかに眉を寄せて動きを止める。

「そういえばあの男——お前のことを『彼』と言っていたな。聞き間違いだと思って気に留めなかったが……」

「聞き間違いでもなんでもなく、俺は立派な男だ！　見てわからないのか!?」

怒鳴るユートの顔をしげしげと見返して、ファイズは「わかるわけがないだろう」と不機嫌《ふきげん》そうに言った。

「わかる人間がいたらお目にかかりたいくらいだ。どこから見ても女だろうが——まぁ、胸は確かにないようだが……」

疑わしげな目つきでユートの胸元《むなもと》や腰を見つめたあと、ファイズは軽く首を振《ふ》った。

「まぁいい。男でも女でも、この顔なら十分側に置いておくだけの価値はある。女でないならいっそう貴重といえるかもしれん」

「どういう意味だ、それは！」

「そのままの意味だ。単に鑑賞《かんしょう》に堪《た》えうるだけでなく希少価値まであるとはな。我ながらなかなかいい買い物をした」

にやりと口元を緩《ゆる》ませて、ファイズは手に持った衣装を再びユートに押しつけた。

「……お前、人の話を聞いていなかったのか？」

「こちらのほうが似合うのだからなにも問題ないだろう。文句を言うなら、女にしか見えない自分の顔に文句を言え。俺としても、側に置くなら見た目だけでも女のほうがいいからな——いっそ髪《かみ》と化粧《けしょう》も整えて、女の名前を付けてやるか」

険悪な目つきで声を返すユートに、平然と応じてからファイズは首を捻《ひね》る。

「確かユートといったか——女名前ならユリアナ、といったところか。ユリアナ……いささか平凡《へいぼん》だが悪くないな」

「ふざけるな！　誰《だれ》がユリアナだ!!」

「俺がそう決めたのだから、お前の名前は今からユリアナだ。逆らうことなど許さん」

思わず声を高めるユートに、薄く笑みを浮かべたままファイズは傲然《ごうぜん》と告げる。

「あの小僧が賠償金を払《はら》わない限り、お前は俺のものだ。安心しろ、護衛としての給金はきちんと払ってやる――なんなら、そこから賠償金を支払《しはら》ってもかまわんぞ。十日待とうと、あの小僧に賠償金の用意などできるわけがない――いや、用意する気にさえならんだろう。お前を見捨てさえすれば、高額の賠償金を払わなくても済むんだからな」

「――ケヴィンはそんなことをする人間じゃない」

低い声で、しかしきっぱりとユートは言い返す。

「あいつは要領は良くないし状況《じょうきょう》も読めないうっかり者だが、自分一人助かるために人を見捨てるようなことは絶対にしない。俺はあいつを信じる」

「どうだかな。人間誰しも、自分の身が一番可愛《かわい》いものだ――まぁ、十日後にははっきりすることだ」

その時に失望しなければいいが、とファイズは笑って付け加える。

ユートはふんと顔を背《そむ》けようとしたが、逃げ道をふさぐようにファイズはその顔をのぞき込んで低くささやきかける。

「お前がどう思おうと、ここにいる間は俺に雇われていることに変わりはない。そしてこれは雇い主としての命令だ――ユリアナ」

「………」

わずかに唇を噛んだ後に、ユートはのろのろと手を上げて衣装を受け取る。

目が合った瞬間《しゅんかん》、満足そうに目を細めたファイズの顔を変形するほど殴《なぐ》り飛ばしてやりたくなったが、氷のような無表情を保ったまますんでのところで自制した。

（我慢だ、我慢しろ……！　ケヴィンが来るまでは辛抱《しんぼう》するんだ！）

鮮やかな色合いの衣《ころも》を握《にぎ》りしめて、ユートは心の中で自分自身に言い聞かせる。

ケヴィン一人であれば多少不安が残るが、タジェスがついていれば金銭的な問題に関しては解決できるはずだった。

（こんな形であいつに頼《たよ》るのは不本意だが……背に腹は代えられん。きっと出すなと言っても自分が払うと言い出すだろうし……金はあとで返すにしても、またあいつに助けられることになってしまうな）

しかし今のユートには、タジェスの厚意《こうい》を当てにする以外方法はなかった。

ケヴィンが自分を見捨てることがないのと同じく、タジェスが自分を解放させるためにあらゆる手を尽《つ》くすだろうこともユートは信じていた。

それでも、ただ助けが来るのを信じて待つだけの状況は辛《つら》いものがあった。

（イルも……あの状況では置いてくるしかなかったが、大人しくしていてくれるだろうか？タジェスが押さえていてくれるといいが……って、そこまで頼りきりでどうする！）

顔を伏《ふ》せたまま内心で呻《うめ》いているユートを不審《ふしん》そうに見やってから、ファイズは部屋の扉《とびら》に顔を向けて「入れ」と声をかける。

その声に気づいてユートは顔を上げ、部屋の入り口から屋敷《やしき》の使用人らしき女性たちが入ってくるのを見て首を傾《かし》げた。そろそろ腹の空《す》き始める時間のため、夕食だろうかという考えがちらりと頭をかすめる。

だが、女性たちの手にしているものはどう見ても食事の盆《ぼん》ではなかった。

「おい、いったい……」

言いかけた声が途切《とぎ》れたのは、女性の一人がおもむろに開けた箱の中から、様々な色の鬘《かつら》が現れたためだった。

引きつった顔をファイズに向けると、彼は薄く笑《え》んで「言ったはずだ」と告げる。

「どうせなら髪と化粧も完璧《かんぺき》に整えてやる。そのままでも十分な気がするが、どこまで完璧な美女に化けるか俺もちょっと興味があるからな——あとは任せるぞ」

女性たちに向かってファイズは最後の一言を投げ、あとを見ようともせず悠然《ゆうぜん》と部屋を立ち去っていく。

ユートは愕然《がくぜん》とした表情で彼を見送り、ぎこちない動きで女性たちへ目をやった。

「では、始めましょうか」

美しく化粧した女性がにっこりと微笑《ほほえ》んで告げ、ユートは思わず及《およ》び腰《ごし》になる。

しかし揃《そろ》いのドレスを身につけた女性たちが素早く彼を取り囲み、ぱたりと部屋の扉が閉じられるのを見てユートはどこにも逃《に》げ場がないことを悟《さと》った。

「実に腕《うで》の奮い甲斐《がい》のありそうな方で、私たちとしても非常に嬉《うれ》しいですわ。さぁ、こちらへどうぞ」

「いや、ちょっと待て……俺は……」

じりじりと迫《せま》ってくる女性たちを前に、ユートは大量の脂汗《あぶらあせ》を流す。

「俺は女じゃ——うわあああっ!!」

懸命《けんめい》に距離《きょり》を取ろうとするユートの努力も虚《むな》しく、四方八方から伸《の》びてくる手に押さえ込まれ、彼は屋敷中に響《ひび》き渡《わた》るような悲鳴をあげたのだった。


リムナンデの村を出発したあと、タジェスは間もなくケヴィンやイルと別行動を取ることを告げた。

「私にちょっと考えがあるのでね……一足先に行かせてもらうよ」

「え……？　どうして……」

ケヴィンの声に、タジェスは苦笑を浮《う》かべて彼の乗っている馬車を示す。

幌《ほろ》をかけた荷馬車にはタルフェから運んできた荷が積まれ、ケヴィンはそのわずかな隙間《すきま》に座っている。リムナンデの村で多少は売れたものの、荷台にはまだ多くの荷が残っており一定以上の速度を出すのは難しかった。

「君たちは、あとからゆっくり来てくれればいい。ディエの組連事務所の前で落ち合うことにしよう——私は行けなくても、誰か使いの者をそこに送るよ」

「それって、どういう……!?」

ケヴィンの声をみなまで聞かず、タジェスは馬を飛ばして走り去っていく。

見る見る遠ざかっていく姿をぽかんとした顔で見送り、ケヴィンは戸惑《とまど》いとも不安ともつかないものをのぞかせた声を発した。

「大丈夫《だいじょうぶ》なのかなぁ……妙《みょう》に自信ありげだったけど」

「たぶん、大丈夫ですよ」

馬車の横を馬に乗って進むイルが、笑顔で応《こた》える。

端整《たんせい》な顔に浮かぶ笑みは普段《ふだん》と少しも変わらず、無理をして作っているようにも見えなかったが、とってつけたような奇妙《きみょう》に薄《うす》っぺらい印象があった。

「タジェス様を信じましょう。タジェス様なら、お——ユート様を助けるためにできる限りの手を打ってくださいますよ」

「うん……」

ケヴィンはイルの顔から視線を外してうつむく。

どのみち一人では満足に馬に乗ることもできない以上、ケヴィンがタジェスに追いつく術《すべ》はなかった。

これまでと同じように、ごとごとと馬車に揺《ゆ》られて移動するしかないのである。

（……情けないなぁ。結局、僕は人に迷惑《めいわく》をかけてばっかりだ）

幌の中に顔を引っ込めて、ケヴィンは深いため息をつく。

（あんなつまらない手に引っかかってユートの身柄《みがら》を奪《うば》われて……ユートは僕になんの責任もない立場なのに、僕を庇《かば》って……）

誰も自分を責めようとしないのが、かえって辛かった。

タジェスはちくりと嫌味《いやみ》めいたことを言ったものの、心の底からの言葉でないことは表情を見れば明らかだったし、イルも終始ケヴィンを気遣《きづか》う態度を見せている。

随行員《ずいこう》たちも、事情を説明した際にはさすがに絶句したようだったが、予定を変更《へんこう》してディエに向かうと言うケヴィンに反対する者はいなかった。

(みんなにも気を遣わせて、迷惑をかけて……やっぱり僕は駄目《だめ》な人間なんだ。ちょっと努力して、一人前になれたと自分で思い込んでいただけで……)

どんよりと落ち込むケヴィンを乗せて馬車は進み、やがてぎしりと音を立てて停《と》まる。

馬車の揺れからそれを感じ取って、幌から顔を出したケヴィンに随行員の一人が馬を寄せて告げた。

「今日はここで宿泊《しゅくはく》します。これ以上暗くなっては野営の準備もできませんので」

見ると空は朱《しゅ》に染まり、あたりには薄闇《うすやみ》の帳《とばり》が落ち始めていた。野営の準備をするには少し遅《おそ》すぎるくらいだが、少しでも先を急ぎたいケヴィンの意思を優先してくれたのだろう。

近くには村もなく、馬車は街道《かいどう》の少し広くなった場所で脇《わき》に寄せるように停まっている。

「うん……ありがとう」

ケヴィンは随行員にうなずいて馬車を降りようとしたが、周囲の薄暗《うすぐら》さに加え長い時間同じ姿勢でいたせいもあって、足元の段差をものの見事に踏《ふ》み外してしまう。

「……うわったっとはあぁっ!!」

大きく両手を振《ふ》り回すが、傾《かたむ》いた姿勢を立て直すことはできなかった。

奇声《きせい》を上げながらケヴィンは馬車から転げ落ち、車輪で踏み固められた地面に転がる。顔から地面に衝突《しょうとつ》するのを防げたのは、運動神経ではなく運のなせる業《わざ》だった。

「大丈夫ですか？」

近くに馬を寄せていたイルが、こちらもやや危なっかしい動きで馬から降りて問いかける。

「だ……大丈夫、だと思う。痛いけど……」

よろよろと顔を上げてケヴィンが応えた時、その襟元《えりもと》から小さな光るものが落ちた。

ケヴィンは痛みに気を取られて気づかなかったが、イルは首を傾げて地面に転がったそれに目をやる。

「なにか落ちましたよ？　ケヴィンさんの服から……」

「え……？」

イルの言葉に、ケヴィンは地面についた手の間に視線を落とす。

薄暗くて最初はわからなかったが、目を凝《こ》らすと不規則な断面をのぞかせて鈍《にぶ》く輝《かがや》く金色の珊瑚《さんご》のかけらが地面に落ちているのが見えた。

小指の先ほどの大きさのかけらを、ケヴィンは指先でつまみ上げる。

「まさか、これ……」

こらえきれない感情が、ケヴィンの声をかすかに震《ふる》わせる。

「あの透《す》かし玉の破片《はへん》みたいですね。服の間に挟《はさ》まっていたんじゃ……？」

淡々《たんたん》と指摘《してき》するイルの声に、言いようのない苛立《いらだ》ちを感じてケヴィンは声を張り上げた。

「みたいですね、じゃないよ！　こんなもののせいで、ユートは――！」

指先につまんだ破片を握《にぎ》り込み、ケヴィンは思いきり地面に叩《たた》きつけようとする。

それを寸前で止めたのは、振り上げた拳《こぶし》をそっと押さえたイルの手の感触《かんしょく》と、彼が発した声のいやに真剣《しんけん》な響きだった。

「待ってください」

なぜか逆らいがたいものを感じて、ケヴィンは動きを止める。

「それをよく見せてくださいませんか？　ケヴィンさん」

言われるままに手を開いたのは、その声とは裏腹に薄水色の瞳《ひとみ》の奥にどんな感情も浮かんでいないように見えたためだった。

イルはその手の中のかけらをじっと見つめ、やがてケヴィンの顔に視線を移すと嬉しそうににっこりと微笑んだ。

「ああ、良かった――これ、珊瑚じゃありませんよ」

一瞬《いっしゅん》目を丸くしたのち、ケヴィンは思わずたまげるような声をあげる。

「え――えええええええっ⁉」

「お金を払《はら》う前で本当に良かったです。お――ユート様も早とちりですね～。珊瑚でないということは、これって本物じゃないってことですよね？　偽物《にせもの》なら一千万グランも賠償《ばいしょう》しなくていいでしょうし……それともこれ、一千万グランの価値のある偽物なんでしょうか？」

はたと真面目《まじめ》な口調になって尋《たず》ねるイルに、ケヴィンは首を縦に振るべきか横に振るべきか真剣に迷う。

「い、いや……確かに、珊瑚でないなら価値はないけど——メルビムの透かし玉ってのは、珊瑚をここまで細かく細工できるってところに価値があるんだから……だけど、これが偽物⁉　僕の目には金珊瑚にしか見えないよ‼」

「よく似てますけど、これは珊瑚とは異なる物質ですよ」

ケヴィンの慌《あわ》てぶりをよそに、のほほんとした顔でイルは言葉を返す。

「断面をよく観察すればわかります。肉眼ではわかりにくいかもしれませんが——百倍くらいに拡大してみれば、違《ちが》いがはっきりわかるんじゃないかと」

「……どういう目をしてるんだよ、イルって」

眼鏡《めがね》までかけているくせに、とケヴィンはやや呆《あき》れたようにイルの顔を見つめて呟《つぶや》く。

直後、その顔にはっとしたような色が宿り、ケヴィンは手の中の破片を見下ろしてから再びイルの顔を振り仰《あお》いだ。

「に——偽物⁉　ってことは、僕たちはあいつに騙《だま》されて——‼」

「あの場で気づけば、ユート様を連れて行かれずに済んだんですけどね～。でも、今からでも遅くないですよ。これを持っていって、ユート様を返していただきましょう！」

楽天的なイルの笑顔《えがお》につられてうなずきかけたが、ケヴィンはすぐに難しい顔つきになって黙《だま》り込んだ。

その顔を不思議そうに見やって、イルが首を傾《かし》げる。

「ケヴィンさん……？」

「……駄目だ。そんなことで、あいつが大人しくユートを返すわけがない。最初から僕たちを騙すつもりだったのなら、なおさら……これが偽物だっていう揺るぎない証拠《しょうこ》をつきつけて、その上でユートを返すよう迫《せま》らないと」

目を伏《ふ》せてしばらく考え、ケヴィンは一つうなずいて力強い口調で言った。

「この破片を組連に持ち込んで、鑑定《かんてい》してもらおう。組連の鑑定で偽物だという結果が出たなら、いくらあいつでも言い逃《のが》れはできないよ！　なんなら、誰《だれ》か組連の人間に証人としてついてきてもらえばいい」

自分自身に言い聞かせるように呟き、ケヴィンは上着のポケットから出した手巾《しゅきん》で手の中の破片を包み込む。

大事そうに手巾をポケットに戻《もど》したあとで、彼はイルに目をやって笑みを浮《う》かべた。

「ありがとう、イル！　よく気づいてくれたよ！」

「いえ、どういたしまして」

いささか場違《ばちが》いなほどに明るい笑顔で応えてから、イルは首を捻《ひね》る。

「でも、お――ユート様にしては珍《めずら》しい失敗ですね。いくら慌てていたにしたって、偽物を見《み》抜《ぬ》くことができなかったなんて……普段《ふだん》だったらあんな失敗はしないんですけど」

「いや……無理だから。あれを偽物だなんて見抜くのは……」

かくいうケヴィン自身、まだ半分ほどは信じ切れないままである。

それもあって組連に鑑定を依頼《いらい》することを提案したのだが、イルはそんな彼の内心に気づくそぶりもなく何度もうなずきながら言った。

「金目のものに関するユート様の勘《かん》は生半可なものじゃないんですよ！　野生動物も真っ青というくらいの直感を発揮なさるんですから！　ユート様に比べたら私なんてまだまだ足元にも及《およ》びません！」

「そ……そうなんだ？」

戸惑《とまど》ったような声をあげるケヴィンに、イルは「そうですよ！」と力強く応《こた》える。

さらにイルはあれこれと実例を挙げてユートの金目のものに対する勘の鋭《するど》さを力説し、ケヴィンはそれを黙って聞き続けることしかできなかった。


ケヴィンたちと別れたタジェスは、わずかな仮眠《かみん》を取った他《ほか》はほとんど休むことなく街道を駆《か》け抜《ぬ》けて、一日半ほどでニーザベイムの首都ディエへと到着《とうちゃく》した。

ここまで来ると顔を見知っている者も多いため、日除《ひよ》けの布を深く被《かぶ》って街に入る。

すでに時刻は夕刻に近かったが、季節柄《がら》似たような出《い》で立ちの者は多い。タジェスは誰にも見とがめられることなく裏町の一角までたどり着くことができた。

「……ここか？」

誰もいないはずの背後に向かって呼びかけると、「はい」といらえが返る。

どこから聞こえているのかもわからない声に、タジェスはほんの少しだけ表情を緩《ゆる》めて礼の言葉を投げた。

「悪いな、手を煩《わずら》わせて」

しばらくの間をおいてから、返ってきたのは感情のない声だった。

「いえ――ですが、心にもないことをおっしゃるのは控《ひか》えたほうがよろしいかと」

くすりと笑って「それもそうだな」と返し、タジェスは目の前にある建物の扉《とびら》を押し開く。

扉の向こうは通路になっており、馬を引いたままタジェスはその奥へと入っていった。短い通路を抜けると、そこには光の差す小さな庭が広がっている。

通路の側《そば》に立っている老人に馬を預け、タジェスは雑草に覆《おお》われた庭を横切っていく。

庭に面した階段を上がって、扉を開けるとそこには先客の姿があった。

「タジェス殿下《でんか》」

ふり返るなり床《ゆか》に片膝《かたひざ》をつこうとする男性を、タジェスは手を振って押し止《とど》める。

「いい。こんな場所で作法にこだわる必要もあるまい」

「それもそうですな」

屈《かが》めかけた身を起こして、男性はよく手入れされた髭《ひげ》の下の口をにやりと笑ませる。

よく鍛《きた》えられた身体《からだ》つきが上等な衣服の上からでもわかる男性だった。身長はそれほど高くないが姿勢が良く、わずかに癖《くせ》のある茶色の髪《かみ》は短く切りそろえられている。

同色の髭に覆われた顔は四十そこそこに見えたが、よく見れば似合わぬ髭でごまかしているだけでもっと若いことがわかる。

「忙《いそが》しいところを呼びだして悪かったな、モートン卿《きょう》」

貫禄《かんろく》の足りなさを髭で補った男性は、タジェスの声に悪戯《いたずら》っぽく目を丸くしてみせた。

「なんの、タジェス殿下のお呼び出しとあらばいつでも喜んで――と申し上げたいところですが、実際迷惑《めいわく》な話ですな。そもそもフォーレにいるはずの殿下がどうしてこちらへ？　まさか里心がついたなどとおっしゃるわけではありますまい」

「……相変わらず遠慮《えんりょ》のかけらもない男だな」

男性――ジルエフ・モートンの物言いに気分を害した様子もなく、タジェスは微苦笑《びくしょう》を唇《くちびる》に刻んで告げる。

「遠慮はいらぬとおっしゃったのは殿下がたでしょうが。それより、わざわざ影走《かげばし》りを使いによこしてまで私を呼び出したのはなんのためで？　ケイオスも気の毒に――うっかり接触《せっしょく》したばかりにこき使われる羽目になって」

「少々急ぎだったので、使えるものは使おうと思っただけだ」

悪びれることなくタジェスは言葉を返し、モートン卿はわずかに表情を引き締《し》めた。

「……なにか、緊急《きんきゅう》を要する事態でも？」

「そこまでのことではないが――フォーレのユーディルシア王子がちょっとした面倒《めんどう》事に巻き込まれてな」

タジェスが簡潔に事情を説明すると、モートン卿の表情が見る見る呆れかえったようなものへと変わる。

「なんですか、それは……？　ファイズというその商人のやり口もですが、そんなものに引っかかるユーディルシア王子の友人も相当うかつというか……」

「まぁ、そう言うな」

苦笑して告げてから、タジェスは瞳《ひとみ》に鋭い光を閃《ひらめ》かせた。

「それに、あの男の商売が少々目に余るものであることも確かだ。高い利益を生む商品を工房《こうぼう》ごと独占《どくせん》してしまわれたのではな——国内の商人の手に渡《わた》るはずの利益が、そのまま国外へと吸い出されてしまうことになる」

工房からの税収によって還元《かんげん》される部分もあるだろうが、長い目で見れば国にとっての不利益となる。

そのために、外国人商人には独占を禁ずる規制が設けられているのだが——

「規制を平然と踏《ふ》みにじって恥《は》じない輩《やから》には、少し痛い目を見てもらわなくてはなるまい——奴《やつ》の商業権を停止するよう、監督《かんとく》府にはたらきかけてもらえないか？　そうするだけの根拠《こんきょ》はあるのだから、報告が上がれば監督府としても動かざるをえまい」

「その上で、商業権と引き替《か》えにユーディルシア王子を取り戻すおつもりですか？」

肩《かた》をすくめてモートン卿が投げた問いに、タジェスはひやりとするような笑みをのぞかせて応えた。

「取り引き材料としては十分だろう。むろん、ユートを取り戻したあとも厳重な監視《かんし》をつける必要があるだろうが。取り引きに応じないのであれば、それはそれでかまわない。大人しく賠《ばい》償《しょう》金を支払《しはら》ってやるさ――商業権を失うことによってあの男が被る不利益のほうが、はるかに大きいはずだ」

「……ずいぶんご立腹の様子で」

ひっそりと呟《つぶや》くモートン卿の顔を、ほんの少しばかり眉尻《まゆじり》を上げてタジェスは見やる。

「なんだ、言いたいことがあったらはっきり言ったらどうだ？」

「いいえ、ユーディルシア王子がたいそうお気に入りとうかがっていましたので。目の前でかっさらわれて、相当頭にきたんでしょう？」

「……悪いか？」

憮然《ぶぜん》とした顔で声を投げるタジェスに、モートン卿はくすりと笑《え》みをこぼしてから、表情を改めて向き直った。

「ですが殿下、今監督府にはたらきかけるのは難しいですな。少しばかり厄介《やっかい》なことになっておりまして……」

「……どういうことだ？」

「第二王子の派閥《はばつ》が急激に勢力を伸《の》ばしているのですよ。監督府の要職もあちらの手勢に押さえられてしまって、気軽に接触できるような状況《じょうきょう》ではございません――私が王太子殿下の側に付いているのは周知の事実ですからな。屋敷《やしき》の周囲にも監視の目が貼《は》り付いているおかげで、抜け出してくるのも一苦労でしたよ」

いささか苦い笑いをのぞかせるモートン卿を見返し、タジェスは鋭い光を両眼に浮《う》かべた。

「いつの間に――そんなことに？　第二王子の周辺はかなり混乱していると聞いたぞ」

「おそらく、政治工作のための資金がどこからか供給されているのでしょうな。それも大量に……どっちつかずで様子を見ていた貴族が、次々と第二王子側についているそうで」

「工作資金？　いったいどこから……？」

思わず口をついて出たタジェスの声に、モートン卿はかぶりを振《ふ》ってみせる。

「それが判明すれば苦労はいたしません。現在探《さぐ》りを入れている最中ですが……資金の流れがはっきりしないのですよ。組連にも協力してもらってますから、大きな金の動きがあればすぐわかるはずなんですがね――それらしき取り引きの記録も残っていないようですし」

「となると、現金……もしくは美術品という形で――」

そこまで言いかけたところで、タジェスの唇が動きを止める。

不自然に途切《とぎ》れた言葉の続きを半瞬《はんしゅん》ほど待ってから、モートン卿は訝《いぶか》しむようにタジェスの顔を見つめやった。

その視線にも気づかぬまま、タジェスは険しい眼差《まなざ》しで呟く。

「……まさか、な」

ひそやかな声に混ざるのは、考えすぎだと己《おのれ》をたしなめようとする思いと万に一つを案じる思い、その二つがぶつかりあう複雑な響《ひび》きだった。

4

ユートは二日後、ディエの中心部にあるファイズの屋敷に到着《とうちゃく》した。

完璧《かんぺき》に手入れされた庭に囲まれた邸宅《ていたく》はもとは貴族の持ち物で、わけあって手放されたそれをファイズが買い取って全面的に改装したらしい。広い庭には噴水《ふんすい》もあり、彫刻《ちょうこく》をほどこした水盤《すいばん》の上を水が涼《すず》しげに滑《すべ》り落ちていく。

馬車を降りたユートは呆気《あっけ》に取られたように屋敷と庭園を見つめ、ファイズは口元に笑みを含《ふく》ませてその顔を眺《なが》めやる。

「どうした？　なにをぼうっと突《つ》っ立っている、ユリアナ？」

「だ、誰《だれ》がユリアナだっ！」

顔を真っ赤にして喚《わめ》くユートは、ファイズに与《あた》えられた女性用の騎馬《きば》服に身を包んでいた。化粧《けしょう》も完璧で長い鬘《かつら》を着けた姿はどこから見ても女性にしか見えない。ユートの髪色に合わせた明るい茶色の鬘は一部を結《ゆ》い上げ、艶《つや》のある緑のリボンで結ばれている。

腰《こし》には剣《けん》を帯びていたが、それも装飾《そうしょく》品のような宝石の付いた華奢《きゃしゃ》な細剣だった。

「言っただろう、俺のもとにいる限りお前はユリアナだ。それに、その口の利《き》き方もなんとかしろ——雇《やと》い主に対する口調じゃないぞ」

「……っ！」

ユートは睨《にら》み殺しそうな目つきでファイズを見たが、大きく息を吸うと感情を排《はい》した声音《こわね》で低く応《こた》えた。

「……失礼いたしました。これでよろしいでしょうか？」

「まだ少し硬《かた》いな。俺としてはもう少し色気のあるほうが好みだが……今のところは、それで勘弁《かんべん》しておいてやるとするか」

笑って背を向けるファイズの背中を、火を噴《ふ》きそうな目で睨みながらユートが続く。

（なにが今のところは、だ――すぐにこんなところ、出て行ってやる！）

ここに着くまでの間だけで、十分すぎるくらいの精神的苦痛を味わったのだ。

武器も持たない女性たち相手では抵抗《ていこう》らしい抵抗をすることもできず、強引《ごういん》に女物の衣服を着せられ、鬘と化粧で見た目は完璧な女性に仕立て上げられた。彼女たちはユートが少年だと知ると驚《おどろ》いた様子を見せたが、そのあとはかえって仕事に熱が入ったようだった。

さらに移動の間中、護衛としてファイズと常に行動をともにすることを強《し》いられた。同じ馬車で移動するだけならまだ我慢《がまん》できたが、宿や立ち寄った貴族の屋敷でも側《そば》に控《ひか》えるよう命じられ、興味と感嘆《かんたん》の目にさらされる羽目になったのである。誰もが疑いなく女性だと信じ込んでいたのがせめてもの救いというべきか――

（いや、全然なぐさめになってない！　誰か一人くらい疑いを持ったっていいだろう！　美人だのなんだのと褒《ほ》めそやされたって全然嬉《うれ》しくないぞ！　あの男の自慢《じまん》そうな顔が余計腹が立つし、べたべた触《さわ》ってこようとする輩までいるし……!!）

好色そうな貴族の顔を思い出して、ユートはぶるりと身体《からだ》を震《ふる》わせる。

ファイズがやんわりと間に入ってその際はことなきを得たが、あと一瞬《いっしゅん》でも遅《おそ》ければ相手の太った腹に思いきり拳《こぶし》を叩《たた》き込んでいたことだろう。

だからといって、ファイズに感謝する気持ちなどかけらもありはしなかった。

そもそも彼がすべての元凶《げんきょう》だ。彼が自分に妙《みょう》な執着《しゅうちゃく》を持ったりしなければこのような格好をする羽目にも、彼に連れ回される羽目にもならなかった。

ましてケヴィンに辛《つら》い思いをさせ、タジェスやイルに迷惑《めいわく》と心配をかけるようなことにも。

「お前の部屋はここだ」

ふいにファイズに声をかけられて、ユートは思考の海から引き上げられた。

ほとんど無意識に足を進めていたため、気がつくと開かれた扉《とびら》の前に立っている。

そこは一介《いっかい》の護衛が使うには、明らかに過ぎた部屋だった。広々とした室内には豪奢《ごうしゃ》な調度品が置かれ、タイルを敷《し》き詰《つ》めた床《ゆか》には要所要所に涼しげな織物が敷かれている。天井《てんじょう》に届く高さの窓に掛《か》けられているのは透《す》けて見えるほどに薄《うす》い絹のカーテンだ。

思わず部屋の入り口で足を止め、ユートは眉間《みけん》に皺《しわ》を寄せてファイズに目をやった。

「……部屋を間違《まちが》えているぞ」

「間違い？　馬鹿《ばか》を言うな、俺が間違えることなどあるものか――それより言葉遣《ことばづか》いがもとに戻《もど》っているぞ」

嫌《いや》そうに口を閉じて、ユートは平坦《へいたん》な声で言い返す。

「客室とお間違えになっているのでは？　護衛の部屋のようには見えませんが」

「だとしたら、お前の目が悪いのだろうな」

表情一つ変えずにあっさりと告げ、ファイズはごく当たり前のような口調で付け加える。

「俺にとってはこれが部屋の標準だ。これ以下の部屋など、俺の屋敷には存在しておらん——まさか、お前が言っているのは使用人の部屋のことか？　だったらあきらめろ。俺の居室の近くにそのようなものがあるわけがないだろう。そんな遠いところで寝起《ねお》きして、俺の護衛の役目を十分に果たせるとでも思っているのか？」

その言葉に目を丸くするユートの背を押して、ファイズは彼を部屋に押し込む。

「護衛には過ぎた部屋だと言うのなら、その分感謝して働くのだな。ああ、部屋のものを壊《こわ》した時は給金からさっ引いてやるからそのつもりでいろ」

「おい……！」

顔を引きつらせてユートがふり向いた時には、すでに部屋の扉は閉じている。

ユートは扉を睨みつけて、思いつく限りの罵声《ばせい》を声には出さずに並べ立てたのちに、フォーレの自室よりもはるかに立派な部屋に恐々《こわごわ》と目を向けた。


それから二日ほど、ユートはファイズの護衛として彼の行く先々に連れ回されることとなった。ただし護衛とは名ばかりで、実態は人の形をした装飾品に近い。

ファイズにはすでに何人もの護衛がついており、中でも片時も離《はな》れずに彼の側に控えているクルディットは相当剣の腕《うで》がたつようだ。茶髪茶眼《ちゃぱつ》の特徴《とくちょう》のない顔立ちの男だったが、ファイズの命であればどのようなことにも無条件で従う忠義ぶりも兼《か》ね備《そな》えていた。

ユートはただ人形のように飾《かざ》り立てられ、ファイズや訪問先の人々の目を楽しませるだけの存在だった。

（……くだらん仕事だ）

氷のような無表情を保ちながら、ユートは内心で苛立《いらだ》ちのにじむ言葉を吐《は》き捨てる。怒《いか》りで決壊《けっかい》しそうな気持ちをなんとか押し止《とど》めていられたのは、ケヴィンが必ず迎《むか》えに来るだろうと信じていたためだ。

それまでは、この際だからニーザベイムの貴族や商人の関係をじっくり観察してやろうと、ユートは腹を括《くく》っていた。そうとでも思わなければ腹立ちを抑《おさ》えられそうになかったためでもあるが、滅多《めった》に目にすることができないものであるのも確かだ。

ファイズはニーザベイムに来てまだ日が浅いようだが、つてを駆使《くし》して様々な相手に面会を取り付け、商品の売り込みに成功している。扱《あつか》っているのは高価な美術品や装飾品が多く、それを買うのも裕福《ゆうふく》な商人や貴族が中心だった。

ニーザベイムの政治や経済に深く関《かか》わる者たちの顔や名前――かわされる会話の内容などを覚えておくことは、ユートにとって決して損になることではない。

（せめて、その程度のもとは取っておかないと……！）

そう自分に言い聞かせて、ユートは大人しくファイズと行動をともにし続けた。

なにより、ファイズが扱う商品を見るのはユートにとってこの上ない勉強になった。普段《ふだん》の生活の中どころか、傭兵《ようへい》としての仕事の際にも滅多に目にすることのなかったような高級品が中心なのである。

目の前でやりとりされる金額に気が遠くなりそうになりながらも、ユートは懸命《けんめい》にそれらを記憶《きおく》に焼き付けた。

(性格はともかく、あの男の審美眼《しんびがん》は確かなもののようだな)

屋敷《やしき》に戻って、夕食を摂《と》ったのちに自室の窓辺に腰掛《こしか》けてユートは一人思う。

開けた窓から忍《しの》び込んだ風が、金細工の髪飾《かみかざ》りで留められた髪《かみ》をさらりとなびかせる。疲《つか》れ切った身体と頭に夜風が心地《ここち》よかった。

からりと乾《かわ》いた気候のため、昼間の暑さが嘘《うそ》のように空気は涼やかに澄《す》んでいる。

その審美眼によって今日の事態に陥《おちい》ったのだと思うと複雑なものもあったが、ユートもファイズの見る目の確かさについてだけは認めざるを得なかった。

取り扱う商品だけではなく、屋敷のそこかしこに置かれた壺《つぼ》や彫像《ちょうぞう》などといった美術品も、ユートの目から見て相当の価値があるとわかるものだった。ただ高価というばかりではなく、独自の美意識によって選ばれた統一性が感じられる。

（やることなすこと、人の神経を逆撫《さかな》でにするような男だが……）

夕食に強引に同席させられたことを思い出し、ユートは深々とため息を吐く。

並んだ料理は豪華《ごうか》なものだったが、とても味わって食べられるような気分ではなかった。ファイズの自慢話が延々と続く中、それこそ女性が食べる程度の量を口にするのが精一杯《せいいっぱい》だったのである。

おかげで今は猛烈《もうれつ》に空腹を感じ、腹の虫が今にも騒《さわ》ぎ出しそうなくらいだった。

（いっそ目の前で、思いきり飲み食いしてやればよかったか……いや、そんなことをしたら賠《ばい》償《しょう》金に上乗せされそうだ。雇《やと》われている間は衣食の面倒《めんどう》は見ると言っていたが、あの男のことだから気分次第《しだい》でなにを言い出すかわからん）

すでに闇《やみ》に没《ぼっ》した窓の外に目をやり、ユートがため息とともに胸の中で呟《つぶや》いた時。

こつりと音を立てて、窓硝子《まどガラス》に小さな石のようなものが当たった。

「──っ⁉」

反射的に身構えてから、ユートははっとして闇の奥に目をやる。

窓は木々の植え込まれた庭に面しており、少し離れた場所に枝振《えだぶ》りの良い銀葉樹《ブラフィーン》の木が立っている。曇《くも》り空で星も見えない中、金属のような光沢《こうたく》を帯びた薄白《うすじろ》い葉の表だけがぼんやりと闇に浮《う》かんで見える。

対照的《たいしょう》に闇に沈《しず》んでいる梢《こずえ》の中に、動くものの姿を認めてユートは目を見開いた。

ぽつりぽつりと庭に点《とも》る灯火を背後に、木の枝と人影《ひとかげ》が影絵のように浮かび上がっている。

「……お前っ！」

「やあ、ユート」

梢に身を隠《かく》すようにして、タジェスは軽く手を上げてみせた。

その顔に力が抜《ぬ》けるような安堵感《あんどかん》を覚えながらも、ユートは声を低くしたまま怒鳴《どな》るという離れ業《わざ》をやってのけた。

「こんなところでなにをしてる！　というか、どうして庭に――」

タジェスはそんなユートの反応に嬉《うれ》しげに微笑《ほほえ》み、登った木の枝をするすると伝って三階の窓の側《そば》へ近づく。それ以上は進めないというところまで来ると、タジェスは枝に腰《こし》を下ろして部屋のほうへと身を乗り出した。

窓辺に置いた洋燈《ランプ》の明かりが、暗い色の衣服に身を包んだ彼の姿をほのかに照らす。

「元気そうでよかった――と、言いたいところだけど」

万感《ばんかん》の思いを込めてユートの姿を見つめる瞳《ひとみ》が、いささか複雑すぎる表情をのぞかせて笑《え》み崩《くず》れた。

「いったいどういうわけだい、その格好は？　似合いすぎていてどう評価していいかわからないんだけど」

「……っ！」

顔を真っ赤にして、ユートは慌《あわ》てて後ろを向く。

「み、見るなっ！　好きでこんな格好をしているわけじゃないっ！」

「そりゃそうだろうけど……」

苦笑《くしよう》混じりに呟いたタジェスの目に、やや剣呑《けんのん》な色が宿る。

「ここの主人に、無理矢理《むりやり》させられているってところか……趣味《しゆみ》は悪くないようだが、気に入らないね。こんな可愛《かわい》らしい格好をしている君を独占《どくせん》するなんて」

「可愛らしいとかいうな！　それよりなにをしにここに来た⁉」

声を殺しながら肩越《かたご》しにふり向くユートに、タジェスは笑みを瞳に戻《もど》して告げる。

「決まっているよ、君の様子が心配で——いや、君に会いたかったんだ」

思わず無言になってから、ユートは慌てたように顔を背《そむ》けた。わずかに早口になって「俺は別に会いたいとは思っていなかったぞ！」と返す彼を、タジェスはにこにこと微笑んだまま見つめやった。

「会いに来るのが遅《おそ》くなって悪かったよ。本当なら、すぐにでも君を解放させるつもりだったんだけど……色々と問題が生じてね。申し訳なくて顔を出すこともできなかった。不安な思いをさせて本当にごめんよ」

「別に不安など……不快な思いなら嫌《いや》というほどしたがな」

レースで飾られた衣服の襟元《えりもと》を指でつまみ、ユートは顔をしかめて言い返す。

半分本気半分強がりのユートの言葉にも、タジェスが笑みを消すことはなかった。口をへの字に結んだユートを温《ぬく》もりのこもる眼差《まなざ》しで見つめるタジェスに、ユートはしばらく沈黙《ちんもく》したあと言いにくそうに問いかけた。

「それで……結局、賠償金の話はどうなった？」

「ああ」

浮かべていた笑みを消し、タジェスが少し申し訳なさそうに言った。

「そのことだけど……少し待っていてもらえるかい？　必ず君を解放すると約束する——でも君のことだから、私が賠償金を払《はら》ったら絶対あとで返そうとするだろう？」

「当たり前だ」

ぶすりとして声を返すユートに、タジェスは苦笑をのぞかせる。

「ケヴィンならともかく、君が返す必要はないと思うんだがね……私もできることなら、君にそんな負担は負わせたくないのでね。賠償金を払わずに君を取り戻す方法を探しているところなんだ。ただ、それにはちょっと時間が必要なんだよ」

「……できるのか、そんなこと？」

「私を誰《だれ》だと思っているんだい？」

不敵な表情で笑って、タジェスはその目に鋭《するど》い光を宿らせた。

「あの男にも、少しばかり思い知らせてやらないと気が済まないしね。あんな手段で君を手に入れようとしたばかりでなく、そんな可愛い格好の君を独占しようだなんて……！　私だってそうそう見せてはもらえないというのに！」

「おい……」

半眼になって睨《にら》みつけるユートに、タジェスはごまかすように明るい笑みを見せる。

「君は心配しないで待っていてくれればいい。いざとなれば、すぐにでも賠償金を払って君を解放させるつもりだし――君が返済にこだわりさえしなければ、今すぐにもそうしたいくらいなんだがね。私の気持ちだと思って素直《すなお》に受け取ってくれないかい？」

「そんな気色の悪いものはもっといらん！　生涯《しょうがい》かかろうとも絶対に金は返す！」

「それは私と生涯をともにしたいということかな？　それも悪くはないけど――借金で繋《つな》がる関係というのは気が進まないな。それではあの男となにも変わらない。君が自分から私とともにいたいと思ってくれないと……いや、もしかして君なりの精一杯の意思表示なのか？」

はたと真面目《まじめ》な顔で手を打ってみせるタジェスに、ユートは思わずあげそうになった怒鳴り声を呑《の》みこんで深くため息を吐《つ》く。

同時にその腹がぐるると鳴り、タジェスは怪訝《けげん》な顔でユートの腹に目をやった。

ユートは腹を押さえてさっと顔を逸《そ》らし、赤く染まった顔をタジェスはやや瞳を険しくして見つめる。

「ユート？　まさか食事ももらっていないんじゃ……？」

「いや、食事は出ている――が、あの男と一緒《いっしょ》だと食べる気がしなくてな」

苦々しい口調で告げるユートをタジェスは無言で見返し、その目に激しい怒《いか》りが宿っているのに気づいてユートは慌てて言葉を重ねた。

「あ、朝昼はちゃんと食べているから心配するな！　量は少ないが、おかわりだってしているくらいだ！」

「なら、いいんだけど――」

タジェスは言って立ち上がり、腰に付けた物入れの中を探《さぐ》る。

取り出したのは拳《こぶし》ほどの大きさの果実で、目を丸くするユートに彼はゆっくりとした動作でそれを放《ほう》り投げた。

「夜食のつもりで持っていたんだが、ちょうど良かった。せめて、これだけでも」

「……ありがとう」

反射的に受け取って、ユートは思わず素《す》の表情で礼を言う。

はっと我に返って照れともばつの悪さともつかぬものを顔にのぞかせるユートに、タジェスは表情をゆるませた。

「本当に、このまま君を連れ去りたいよ。君さえうなずいてくれるなら――でも、君は決してうんとは言わないだろう？」

「ああ」

タジェスの顔を見返し、ユートはきっぱりとうなずく。

「今更《いまさら》逃げ出すくらいなら、最初からこんなところに来たりしない。俺がここを出ていくのはそのせいでケヴィンに害が及《およ》ぶことがないと確信できてからだ」

「まったく、君は……まぁ、そういうところが君らしいんだろうけど」

「……悪いな」

短く返した一言には、複雑な思いが詰《つ》まっていた。

断固とした決意と忸怩《じくじ》たる思いと揺《ゆ》るぎない信頼《しんらい》——それらをのぞかせたユートの瞳を見つめ、タジェスは笑みを深めた。

「いいさ。そういうところも含《ふく》めて、私は君が気に入っているのだから」

言葉の後半にユートはわずかに眉《まゆ》を寄せたが、いちいち取り合っても仕方ないと言うように首を振《ふ》って口を開いた。

「イルと——ケヴィンはどうしてる？　あまり気に病《や》んでいなければいいのだが……」

「ああ……」

少しきまり悪そうに、タジェスは軽く頬《ほお》を掻《か》いた。

「実はディエに来てからは会っていないんだ。その前から別行動を取っていてね——向こうもディエに着いてはいるようだが……」

「……おい」

思わず半眼になるユートに、タジェスはごまかすように笑ってみせる。

「一応、人をやって様子を見させておくよ。別れる前に、君のことに関しては私が手を打っておくと伝えてあるから、そう先走った真似《まね》をする心配はないと思うけど……」

「頼《たの》む。あの二人が一緒《いっしょ》にいるというだけで、なんだか不安だ」

いやに真剣《しんけん》な口調で告げるユートにちらりと苦笑をのぞかせて、タジェスは登ってきた梢《こずえ》の枝を戻ろうとする。

反射的に声をかけそうになって、ユートは慌てて口を閉じた。

自分自身でも説明のつけがたい行動に、戸惑《とまど》ったように口元を押さえる。そんな彼の様子に気づき、タジェスは心からの微笑《びしょう》を浮《う》かべた。

「……必ず迎《むか》えに来るから。もう少しだけ待っていてくれ」

低く投げられた言葉に、ユートは無言のままうなずきを返す。

タジェスはそれを見てもう一度にっこり笑うと、危なげのない動作で枝を伝って梢の奥へと消えていった。

不自然な葉のざわめきが遠ざかっていくのを、ユートは身動き一つせずに聞いていた。

「……え？」

組連の所有する建物の奥まった一室で、ケヴィンは愕然《がくぜん》とした声をあげた。

彼の隣《となり》にはイルの姿もあったが、こちらは話がよく呑み込めなかったのか、きょとんとした顔で突《つ》っ立っている。

その様子にも気づくことなく、ケヴィンは目の前に立った男性に食ってかかった。

「どうしてです！　偽物《にせもの》だってことははっきりしてるじゃないですか!!」

透《す》かし玉の破片《はへん》を組連に持ち込み、鑑定《かんてい》を依頼《いらい》してから二日。

念入りに鑑定してもらった結果、出された結論は極《きわ》めて精巧《せいこう》に作られているがまぎれもない偽物だというものだった。粘土《ねんど》か鉱物か、素材ははっきりしないが珊瑚《さんご》以外の物質で作られていることだけは間違《まちが》いなかったらしい。

ケヴィンは「これでユートを取り戻《もど》せる！」とイルの手を取って小躍《こおど》りしたが、鑑定結果を待つ間に調べておいたファイズの屋敷《やしき》に彼が向かうことはなかった。

勇んで組連の事務所を出ようとしたところで、一人の男性に制止されたのである。

「――おそらく、行ったところで無駄《むだ》ですよ」

灰白色《かいはく》の髪《かみ》に柳《やなぎ》色の瞳《ひとみ》をした男性は、丸っこい眼鏡《めがね》を光らせてそう告げた。

その言葉は、ケヴィンにとって納得《なっとく》しかねるものだった。

組連の鑑定によって、明らかな偽物だと断定されたのだ。組連の人間を立会人として連れていくか、多少の費用はかかるが正式な鑑定書を出してもらえばファイズも言い逃《のが》れはできないはずだった。

しかし、イルと顔見知りらしい男性はケヴィンの反論にも、飄々《ひょうひょう》とした態度をまったく崩《くず》すことなく告げた。

「その破片が偽物であることが証明できても、あなたたちが本物とすり替《か》えたのだと言われてしまえばお終《しま》いです。ファイズという人物がそれを持っていたと証明するのは、あなたたちの証言のみ――不利な状況《じょうきょう》を覆すために、嘘《うそ》を吐いていると言われれば反論は難しいでしょう」

「すり替えたりなんて……！」

するもんか、と声をあげかけるケヴィンに男性はうなずく。

「ええ。壊《こわ》したものと同じ偽物を持っているなんて都合のいいことがあるはずはない。ですが彼のやり方を見る限り、そう強硬《きょうこう》に主張してくる可能性は高いでしょうね。組連に持ち込まれた時点で、偽物にすり替えられていないと証明することは私たちにはできませんから」

「そ、そんな……」

情けなく顔を歪《ゆが》めて、ケヴィンは手の中に握《にぎ》りしめた破片を見下ろす。

肩《かた》を落としたケヴィンの様子を見て、ようやく事態を理解したのかイルが遠慮《えんりょ》がちに二人へ声を投げた。

「あの……では、やはり賠償《ばいしょう》金を支払《しはら》わない限り、お——ユート様を取り戻すことはできないんでしょうか……？」

「そうですね……本物か偽物かの水掛《みずか》け論になった場合、不利なのは貴重品を壊したとされているあなたがたのほうですし。私どもが間に入るとしても、向こうは非加盟の商人ですからね——突っぱねられてしまえばあまり強くも出られない」

商人の大半は自国の商業組合か組連に加盟している。そのことによって様々な恩恵《おんけい》を受けているのだが、裕福《ゆうふく》な商人の中には干渉《かんしょう》を嫌《きら》って組合に加盟しない者もいた。

「じゃあ……やっぱりお金を払うしかないってこと……？」

がっくりとうなだれてケヴィンは呻《うめ》く。

タジェスにはなにか考えがあるようだったが、この状況では賠償金を払う以外の方法があるとは思えなかった。そもそも落ち合うはずだった待ち合わせ場所にも彼は姿を見せず、非常の際の連絡《れんらく》先として指定しておいた組連の事務所にも言づて一つ届いていない。

希望を抱《いだ》いた直後なだけに、余計に打ちのめされた様子のケヴィンをイルは気遣《きづか》うように見つめ、そんな二人に向かって男性はそれまでと変わらぬ口調で言った。

「――ですが、私どもとしてはその偽物に非常に興味があります」

「え？」

そろって顔を向けるケヴィンとイルに、男性はやや人の悪い笑《え》みをのぞかせる。

「それほど精巧な偽物がここに存在しているということは、組連にとっても大きな脅威《きょうい》です。どこで作られたものか、誰《だれ》がそれに関《かか》わっているのか――調べてみる必要がありそうですね。それに協力してくださると言うのであれば、こちらとしてもあなたがたに力を貸す正当な理由となり得るのですが」

「ジスカールさん……？」

戸惑いと理解が半々にのぞくイルの声に、男性――ジスカール・フェルディスはにっこりと笑みを深めて応《こた》える。

「お得意様が困っているとあらば、黙《だま》って見ているわけにも参りませんし。ここに居合わせたのもなにかの縁《えん》です――ここは一つ、お互《たが》いに協力いたしませんか？」


ファイズの屋敷に来て三日目の朝、ユートは部屋に運ばれた朝食を残さず平らげてからファイズの部屋へと向かった。

昨夜の侵入《しんにゅう》は誰にも気づかれていないらしく、屋敷内の様子はいつもと変わりない。きびきびと働く使用人たちの姿を目の端《はし》でとらえながら、ユートは丹念《たんねん》に磨《みが》かれた廊下《ろうか》を通って同じ三階にあるファイズの部屋の前で足を止めた。

「――入ります」

声をかけてから扉《とびら》を開き、ユートは部屋の中へと入る。

ユートの部屋よりもはるかに豪奢《ごうしゃ》に調《ととの》えられた一室を抜《ぬ》け、続きの間に同じようにして足を踏《ふ》み入れると、ファイズは天蓋《てんがい》付きの寝台《しんだい》の上で朝食を摂《と》っている最中だった。

浅黒い肌《はだ》に絹のガウンをまとっただけの格好で、給仕《きゅうじ》の男性の差し出す皿からパンや料理をつまみ取って食べている。汁物《しるもの》の皿には銀の匙《さじ》が添《そ》えられ、時折無造作に匙を取って口に運ぶ。慣れているためかその姿は優雅《ゆうが》ささえ感じさせたが、ユートは不快さを隠《かく》すようにさりげなく目を伏《ふ》せて壁際《かべぎわ》に立った。

しかしユートの姿に気づいたファイズは、果物をつまむ手を止めて彼に声をかけた。

「朝から景気の悪い顔を見せるな、ユリアナ。せめて挨拶《あいさつ》くらいしたらどうだ？」

「お早うございます」

ひとかけらの感情もこもらぬ声でユートは応える。

ファイズはわずかに眉を上げると、手を振って給仕の男性を下がらせてユートに側《そば》に来るよう目で命じた。

足音も立てずに歩み寄ったユートを、彼は検分するような目で見つめる。

「今日も美しいな。その衣装もよく似合っている——やはりお前には華《はな》やかな色が似合うな。特にその色だと、肌の色がいっそう引き立つ」

満足そうにうなずくファイズに、ユートは無言のまま一礼する。

その身体《からだ》を包むのは、鮮《あざ》やかな薔薇《ばら》色《いろ》の騎馬《きば》服だ。艶《つや》のある生地《きじ》に真っ白なレースがあしらわれ、裾《すそ》は大輪の花のように幾重《いくえ》にも重なっている。動きやすさを除けば、もはやドレスと呼んでも差し支《つか》えないほどに派手な衣装だった。

並の容姿であれば衣装負けすることは確実だったが、ファイズに仕える化粧係《けしょう》の手によって丁寧《ていねい》に髪を整え化粧をしたユートには、彼の言う通りこの上もなく似合っている。

「返事もなしか……まぁいい」

ファイズは言って、ユートを手招きする。

ユートがベッドの脇《わき》に立つと、彼は給仕の男性の持っている皿を顎《あご》で示した。その意味を理解して眉根《まゆね》を寄せ、ユートは冷え切った声をファイズに投げる。

「食事の世話も護衛の仕事なの——ですか？」

「なんなら別料金を払ってやろうか？　黙って立っているのも退屈《たいくつ》だろう」

ファイズの意を汲《く》み取って男性が皿をユートに差し出す。

ユートはその皿をファイズの口に押し込んでやりたい衝動《しょうどう》をこらえながら、嫌々《いやいや》それを受け取ってファイズの前に突き出した。

「それが主《あるじ》に対する態度か？　もう少し丁寧に皿を出せ」

「給仕の経験はないもので」

「だったらこれから覚えるんだな。ほら、パンの皿をよこせ」

しかめ面《つら》のユートに給仕をさせて朝食を終えると、ファイズは衣装係の手を借りて身支度《みじたく》を整えて屋敷の中にある一室に赴《おもむ》いた。

むろん、ユートも同行させてである。

円形のホールのような小部屋には、ファイズが集めたと覚しき様々な品物が所狭《ところせま》しと並べてあった。防犯のためか窓は高い位置に鉄格子《てつごうし》のはまったものがあるだけで、下の壁《かべ》には美しく彩色《さいしき》された何枚もの大きなタイルが掛《か》けられている。

窓には十分な大きさがあり、降り注ぐ光の中でファイズは品々を手にとって眺《なが》めた。

手入れは完璧《かんぺき》で埃《ほこり》一つついておらず、そのことを確認《かくにん》すると彼は満足したようにうなずいてもとの位置に戻す。

「どうした——気後《きおく》れでもしたのか？　入れ」

開かれたままの扉の外に立っているユートにファイズは声をかけ、ユートは唇《くちびる》を引き結んで部屋に足を踏み入れた。

ファイズの指摘《してき》は正しく、並んだ品物の豪華《ごうか》さにユートは内心で圧倒《あっとう》されていた。

屋敷のあちこちに置かれている品の比ではない——それも非常に趣味《しゅみ》のよいものばかりで、これだけ数が集まっていてもごちゃついた印象はない。

呆然《ぼうぜん》と部屋に見入っているユートに、ファイズは唇の端を吊《つ》り上げて言った。

「ただし下手に触《さわ》らんほうがいいぞ。うっかり壊しでもしたら、お前の何年か分の給金が吹《ふ》き飛ぶことになるだろうからな」

ユートの動きがぎしりと固まったのを見て、ファイズは愉快《ゆかい》そうな笑みを洩《も》らす。

「ここにあるのは、特に俺の気に入ったものばかりだ。俺は気に入ったものは、必ず側に置くようにしている――いつでもこの目を楽しませられるようにな。美しいものにはただ存在しているというだけで価値がある」

わずかに言葉を切って、ファイズは真摯《しんし》なものを声にのぞかせる。

「美に感動する獣《けもの》はいない。美に感動するのは、あらゆる生き物の中で人間だけだ」

ユートはファイズの顔をやや驚《おどろ》いたように見返してから、表情を消して部屋中に並べられた品々へ視線を戻《もど》した。

その一点――壁に掛けられたタイルにユートの目が留まる。

絵画と見まごうほどに精密《せいみつ》な筆致《ひっち》で描《えが》かれているのは、古風な衣装を身にまとった一人の女性だった。巻き上げるように結《ゆ》い上げた黄金の髪《かみ》も薔薇色の頬《ほお》も鮮やかで、薄紫色《うすむらさきいろ》の瞳《ひとみ》に宿る生き生きとした光まで見てとれる。

なにかの伝説か物語の一場面であるらしく、壁に掛けられた他《ほか》のタイルの絵柄《えがら》の中にも同じ女性の姿があった。

思わず動きを止めたまま、ユートは並んだタイルを見つめる。

その瞳にはなにか浮《う》かびかけているような、思案にふけるような光があったが、ファイズが再び声をかけるのと同時にその光は残らず消え去った。

「いつまで見惚《みと》れている気だ？　俺の選んだものに見惚れるのはわかるが——しかし、その女よりお前のほうが美しいと思うぞ」

ユートの顔に見る見る不機嫌《ふきげん》な色が浮かぶのを楽しむように、ファイズは口元に笑みを浮かべて告げる。

「お前の容姿は実に俺好みだ。俺の側で、俺の目を楽しませ続けろ——そのために俺はお前を手に入れたのだからな」

「……俺は品物じゃない」

ファイズの顔を見ないまま、低く呟《つぶや》くようにユートは返す。

言っても無駄《むだ》だと悟《さと》っているように声には熱がなく、ファイズもまたそれを裏付けるように喉《のど》を鳴らして笑った。

「今は俺のものだ。お前がどう思おうとも」

言い捨てて、ファイズはくるりと踵《きびす》を返して部屋を出る。

ついてこいとも言わず立ち去る背中を目で追い、ユートは唇を嚙《か》みしめると無言のままファイズのあとを追った。

5

ファイズの屋敷《やしき》をあとにしたタジェスは、人目を忍《しの》んでモートン卿《きょう》と落ち合った裏町の隠れ家へと戻った。

ディエに来てからは、ずっとこの部屋で寝起《ねお》きを続けている。

仮にも一国の王子がこのような部屋に――とモートン卿は難色を示したが、タジェスは特に気に留めなかった。最低限の家具は揃《そろ》っているし、ここ数日は野宿が続いていたため、屋根と壁があるだけでも十分ありがたかったのである。

第二王子派の監視《かんし》の目が光っていることを考えると、モートン卿の屋敷に行くわけにもいかなかったし、宿を取ればどこで誰《だれ》の目に触《ふ》れるかもわからない。モートン卿は監視の目をくぐることは可能だとタジェスを屋敷に招こうとしたが、今のように度々《たびたび》外出するのが難しくなるのは目に見えていた。

（……まぁ、あいつとしては、屋敷で大人しくしていてくれたほうが気が休まるのだろうが）

小さな明かり一つが点《とも》る部屋の中で、タジェスは口元に苦笑《くしょう》をたたえて内心で呟く。

モートン卿の協力を得て、彼は第二王子カティルの派閥《はばつ》に資金を提供している人間を突《つ》き止めようとしているところだった。

彼の手足となって動くのは、王宮との連絡役《れんらく》も兼《か》ねているケイオスだ。

本来は人知れず王宮の情報をタジェスに伝え、またタジェスの様子を王太子に報告するのが彼の任務だったが、隠密《おんみつ》行動に長《た》けた彼の力を使わない手はない。王太子の許可もあったためタジェスは大手を振《ふ》って、ケイオスに第二王子派の貴族の動向を探《さぐ》らせていたのだが……

「……やはり、そう簡単に尻尾《しっぽ》は摑《つか》ませないか」

夜半、ケイオスからの報告を受けてタジェスは眉《まゆ》をわずかに曇《くも》らせる。

急に羽振《はぶ》りが良くなったのは第二王子派に属する八名の貴族。しかし彼らの身辺を探っても特定の人物との繋《つな》がりは見出《みいだ》せなかった。出てきたのは、彼らが自身の所有する美術品を売り払《はら》ったという情報のみである。

気になるとすれば、彼らが美術品を売ったのが国内の商人ではなく、組連に所属していない他国の商人だったという点くらいだ。それにしたところで、国内で懐《ふところ》事情が苦しいなどという噂《うわさ》を立てられるのを避《さ》けるためだという説明はつく。

（考えたものだが……体裁《ていさい》を気にかけるのであれば、そもそも財産を処分したりはするまい。実際に窮乏《きゅうぼう》しているならともかく――）

資金繰《しきんぐ》りの苦しい貴族が財産を処分するのはよくある話だが、今回に限ってはその可能性は低かった。美術品の売却《ばいきゃく》を行っているのは、家の格はあまり高くないものの金銭的には余裕《よゆう》のある貴族ばかりだ。

（おそらく、どこかから美術品の形で資金の提供を受けているのだろう――これだけ探っても繋がりが見えてこないあたり、よほど慎重《しんちょう》に立ち回っているらしいな。売却先を他国の商人に限定しているのも、そこからの指示か……）

胸の中で呟いて、タジェスは弱い明かりに照らされる数枚の紙に視線を落とす。

そこにあったのは、ファイズに関する調査報告書だった。貴族たちの動向とあわせて調べさせておいたものである。

ファイズ・ルベナリア——レイザム出身の自由交易商人。

ルベナリアの姓《せい》はレイザムでも有数の勢力を誇《ほこ》る豪族《ごうぞく》のもので、かつては遊牧を生業《なりわい》としていた一族は商人に転じて莫大《ばくだい》な財を築き上げたのだという。

彼がニーザベイムに来たのは最近のようだが、財力を活用してあちこちに顔を繋ぎ、すでに国内の大商人や貴族の屋敷にも出入りするようになっている。やや強引《ごういん》なところはあるものの扱《あつか》う商品の質は高く、国内での評判はさほど悪いものではなかった。

今のところ特定の貴族や商人と繋がっているという情報はなく、第二王子派との取り引きも多いがそれほど深い関《かか》わりを持っていない——ように見える。

問題の八名の貴族とも、そのうちの数名から美術品を買い入れたという程度の付き合いだ。

「……無関係ならいいのだが」

低く苦い呟きを、タジェスは洩らす。

彼が内心で案じていたのは、ファイズが陰《かげ》で資金提供を行っているのではないかということだ。ファイズが第二王子派の貴族と繋がりを持っていた場合、圧力をかけてユートを取り戻すのはまず不可能になると言ってよい。

その時はいさぎよくあきらめて、賠償金《ばいしょう》を支払《しはら》ってユートを取り戻すつもりだった。

「──タジェス様」

知らず考えに沈《しず》んでいたタジェスは、その声で軽く目をしばたたかせた。

「すまん……続けてくれ」

閉じられたままの扉《とびら》の向こうから聞こえる声は、少しの沈黙《ちんもく》を挟《はさ》んだのちに何事もなかったように報告を再開する。

「ケヴィン・ベイオードとイル・グラースは二日前から組連事務所に滞在《たいざい》しています。接触《せっしょく》はできませんでしたが、無事を確認《かくにん》いたしました。ただ──」

わずかにためらうような間を置いて、声は続ける。

「組連が独自の調査を始めようとしている模様です。極力外部に漏《も》れないようにことを進めているため、詳細《しょうさい》はいまだ掴めておりませんが……どうやらケヴィン・ベイオードが持ち込んだ物品がそれに深く関わっているようで」

「ケヴィンが……？」

扉に目をやって、タジェスは眉を寄せる。

「いったい、なにを……？」

タジェスの呟きに、返ってくる声はなかった。

音の消えたような部屋の中で、タジェスは身じろぎもせずに立ち尽《つ》くしたまま思案し続けたのだった。

「……これも偽物《にせもの》ですね～」

その翌日。組連の広い空き部屋に運び込まれた大量の美術品を眺《なが》め、イルはその中に混ざる偽物を次々と指摘《してき》していった。

持ち込んだ商品を偽物と断定された中年の男性が、納得《なっとく》できないように声をあげる。

「まさか！　これが偽物だなんて……七百万も出したんだぞ！」

「これはルード焼きの壺《つぼ》ですよね？　以前本物を見たことがありますから、わかります。本物とは釉薬《ゆうやく》の成分が違《ちが》いますよ～」

「せ……成分？」

「……っていうか、どこでルード焼きの本物なんて見たわけ？」

ややげんなりした様子で問うケヴィンに、イルはまるで警戒心《けいかいしん》のない口調で応《こた》える。

「ニーザベイムの王宮です——あ、このことは話すなと言われていたんでした。聞かなかったことにしておいてくださいませんか？」

「……いいよ。もう、なんか色々聞くのが怖《こわ》い気がしてきた」

ケヴィンの反応に首を傾《かし》げながらも、イルは笑顔《えがお》で「ありがとうございます」と礼を言う。

二人はジスカールに頼《たの》まれて、組連に持ち込まれた美術品の鑑定《かんてい》を行っていた。

とはいえ、実際に真贋《しんがん》の判別を行っているのはイル一人で、ケヴィンは知識面で彼に助言をするだけの役割である。さすがのイルも素材も特徴《とくちょう》もわからない美術品の真贋を見抜《みぬ》くことはできず、そういう時はケヴィンの知識が役に立った。

あまりにも簡単な鑑定に、持ち込んだ美術品が偽物だと断定された者が不服を唱えることもあったが、ジスカールがイルの実力を説明して彼らを黙《だま》らせる。

部屋には組連お抱《かか》えの鑑定人が数名おり、イルが選び出した偽物をさらに時間をかけて鑑定する手筈《てはず》にもなっていた。

「……しかし、思った以上の数の偽物が出回っているようですね」

腕《うで》を組んで作業を見守りながら、ジスカールが苦い笑みを瞳《ひとみ》に宿して呟《つぶや》いた。

「ちょっと調べてみただけでこれとは……高価なものばかりなだけに被害《ひがい》は甚大《じんだい》ですよ。取り引きの現場で偽物と見破れなかった以上、あとから申し立てても代金を取り戻《もど》すことは難しいでしょうし」

ジスカールの言葉に、鑑定の様子を見守っていた商人たちが渋《しぶ》い顔をする。

彼らはジスカールの要請《ようせい》を受けて、ここ一月ほどの間にニーザベイム国内で買い入れた美術品を組連に持ち込んだのだ。精巧《せいこう》な偽物が出回っている可能性があると聞いては、鑑定を断るどころかむしろ自分たちから依頼《いらい》したいほどだった。

しかし、予想以上の被害の大きさに彼らの顔色は一様に悪くなっていた。

偽物の数は持ち込まれた品物の二割近くにも及《およ》び、しかもどれもが数百万から時には一千万以上の値のつく高価な品ばかりだったのだ。

ほとんどが組連に所属していない他国の商人から買い取ったもので、国内の商人から買った者もいたが、相手は主に他国の商人と取り引きしているのだという。

ジスカールはそれらの商人の名前や特徴、連絡先を控《ひか》えてから商人たちを帰した。

「もしも最初から偽物とわかって売りつけたのなら、とっくに行方《ゆくえ》をくらましているでしょうけどね……」

肩《かた》を落として商人たちが帰ったあと、ジスカールが呟いた言葉にはケヴィンも賛成だった。

「だけど……まさかこんなに偽物が出回っているなんて。偽物を扱っているのはファイズ一人だけじゃないってこと？」

「わかりません。偽物の供給源がいったいどこなのかも——ですが、私たちには格好の手蔓《てづる》が一つある」

にこりと笑みを浮《う》かべてジスカールはケヴィンに目をやる。

ケヴィンは一瞬《いっしゅん》きょとんとした表情を見せてから、恐《おそ》る恐る自分の鼻先を指差して言った。

「……僕？」

「ええ。あなたが賠償金を払うと言えば、ルベナリア氏に接触するのは難しくないでしょう。偽物を所持していた商人の中で、唯一《ゆいいつ》現在の所在地がはっきりしている相手でもある。組連の名を出せば警戒《けいかい》されるのは確実でしょうが、あなたならその心配もありませんしね」

「つまり……僕は舐《な》められている、と？」

「まぁ、わかりやすく言うならそうなります——ですが」

悪気のかけらもない笑顔でケヴィンを沈めてから、ジスカールはわずかに口調を変えて付け加える。

「だからこそ好都合なのですよ。向こうが油断している隙《すき》に決定的な一手を放つためにはね」

「………」

「ルベナリア氏がどこまでこの一件に関与《かんよ》しているかわかりませんが、偽物の出所を探《さぐ》り出すためには彼に接触するのが一番手っ取り早い。彼が偽物を利用して、あなたたちをはめたのは事実ですから……その彼に怪《あや》しまれずに接触できるあなたは、私たちにとって目下最強の手札なのですよ」

思いもかけぬ言葉に、ケヴィンは目を丸くする。

うっすらと紅潮した顔を見返して、ジスカールは親しげに微笑《ほほえ》みかけた。

「というわけですから、あなたもしっかり働いてくださいね。イルにも十分活躍《かつやく》していただきましたし——今度はあなたの番ですよ」

極《きわ》めて複雑な表情で沈黙したあと、ケヴィンが力なく返した「僕も一応協力したんだけど」という一言はジスカールにあっさりと黙殺《もくさつ》された。

いつものようにファイズの商談に同行し、ぐったりと疲《つか》れ切ったユートが屋敷《やしき》に戻ったのはすでに夜も更《ふ》けた頃《ころ》だった。

疲れは主に精神的疲労《ひろう》によるものである。

慣れない——断じて慣れたくもない格好で人目にさらされ続けただけではなく、今日の訪問先はニーザベイムでも一、二を争う大貴族の屋敷だったのだ。

（まさか……こんな格好でニーザベイムの第三王妃《おうひ》の実家を訪《おとず》れることになるとは）

今日ばかりは、この格好に感謝したくなったユートだった。

フォーレのような小国の王子の顔を向こうが知っているとは思えないが、少なくとも女装をしている限り正体に気づかれる心配はない。

夕食も訪問先で摂《と》ったため、ユートはまっすぐ与《あた》えられた部屋へと戻る。

ファイズも訪問先でまでユートを食事に同席させることはせず、他《ほか》の護衛たちと別室で簡単な食事を摂ることとなった。晩餐《ばんさん》に用意されたのとは別の賄《まかな》い食のようなものだったが、ユートは十分満足だった。

なにより、ファイズの顔を見ずに食事できるのがありがたかった。

「ああ……服を着替《きが》えないと皺《しわ》になるな」

嫌《いや》そうに顔をしかめてユートは起きあがり、用意された紗《しゃ》の部屋着に着替える。

乱暴に床《ゆか》に叩《たた》きつけたいのをこらえて薔薇色《ばらいろ》の騎馬服《きばふく》を丁寧《ていねい》に畳《たた》み、剣帯《けんたい》と揃《そろ》えてベッドの脇《わき》の小卓《しょうたく》に置く。化粧《けしょう》を落として鬘《かつら》も外したところで、ようやく大きく息を吸ってユートはベッドにあお向けに寝転《ねころ》がった。

こんな時でも高価な衣服を傷《いた》めることを気にかけてしまう自分に、内心うんざりする。

それればかりか、寝転がったベッドの覆布の汚《よご》れまで心配になってしまう始末だ。重厚《じゅうこう》な刺繍《ししゅう》入りの覆布は目にも鮮《あざ》やかな絹物で、うっかり染《し》みでもつけようものなら目の玉の飛び出るような額の弁償《べんしょう》をする羽目になるだろう。

（これ以上賠償《ばいしょう》金を背負い込むようなことになるのは御免《ごめん》だぞ。普通《ふつう》に使って汚す分ならともかく……それでもあの男のことだから信用はできないが）

深々とため息を吐《つ》いたその時、ユートの耳に部屋の扉を叩く音が届いた。

一瞬《いっしゅん》聞き間違《まちが》いだろうかと思ってから、ユートは身を起こす。その耳にもう一度控えめな音が届き、ユートは立ち上がって部屋の入り口へと向かった。

「……なんだ、こんな時間に？」

用心しながら扉《とびら》を開けると、両手に盆《ぼん》を捧《ささ》げ持った侍女《じじょ》が立っていた。

思わず戸惑《とまど》った顔になるユートに、やや歳《とし》のいった侍女は事務的な口調で告げる。

「お夜食をお持ちしました。ファイズ様が届けるようにと……夕食の量が足りていないのではないかと」

侍女は部屋に入ると中央の卓にてきぱきと皿を並べ、一礼して立ち去っていく。

ユートは薄《うす》く湯気の立つ料理を困惑《こんわく》した表情のまま見つめ、唇《くちびる》をわずかに尖《とが》らせると自分に言い聞かせるように呟いた。

「……食事で懐柔《かいじゅう》されたりはしないからな」

腹が減っては戦《いくさ》ができぬ、とフォークを取り上げてよく煮込《にこ》まれた肉や野菜を口に運ぶ。

瞬《また》く間に全部の皿が空になり、添《そ》えられた果物まで残さず平らげたところでユートは人心地《ひとごこち》ついたように大きく息を洩《も》らした。

夜食にしてはずいぶん多すぎるほどの量だったが、皿の上にはパンの一切れどころかソースの一滴《いってき》さえ残っていない。

食べる前には忘れていた祈《いの》りを捧げ、ユートははたと困ったような目を皿に向けた。

「食器は……持っていったほうがいいのか」

このまま置いておいても回収に来るかもしれないが、なにぶん遅《おそ》い時刻である。

かなり早く食べ終わったこともあって、侍女を待つよりも自分で持っていったほうが早いと判断し、ユートは卓の隅《すみ》に置かれた盆に皿をまとめて載《の》せて部屋を出た。

（あまり遅くまで女性を働かせるのも、気が引けるしな……）

そう思ってユートは厨房《ちゅうぼう》まで足を運び、半分居眠《いねむ》りしていた厨房番の男性に皿を渡《わた》す。

料理の礼を言って厨房から出たところで侍女と会い、しきりに恐縮《きょうしゅく》する彼女に手を振《ふ》ってユートは来た道を戻っていった。

すでに深夜をまわっていたが、いくつかの部屋にはまだ明かりが点《とも》っている。

商品の整理を行っているのだろう。ファイズに同行していた随行《ずいこう》員たちが並べられた品物と帳簿《ちょうぼ》を見比べているのを横目に見やり、仕事熱心なことだなと内心肩をすくめながらユートは部屋の前を通り過ぎようとする。

その時並べられた品物の一つに目が留まり、ユートは思わず足を止めた。

大きな机の片隅《かたすみ》にひっそりと置かれているのは、うっすらと地模様が透《す》けて見える白磁のカップだった。一揃《ひとそろ》いになっている品のうちの一客だけを出しているのだろう。側《そば》には『マール工房《こうぼう》』の名前と記章の焼き付けられた木箱が置かれている。

「あれは……」

ユートの顔にほんの一瞬、懐《なつ》かしげな色が浮かぶ。

それは姉の婚礼《こんれい》の際に用意したのとまったく同じ品だった。同時に予定外の借金まで背負い込む原因になったことを思いだし、ユートがうんざりした表情をのぞかせる。

（ジスカールの奴《やつ》……いや、あの借金はとっくに返すことができたんだし、今はそんなことを思い出している場合じゃ——）

強くかぶりを振ろうとして、ユートは動きを止めた。

「……まさか、いや……」

眉《まゆ》を寄せて呟《つぶや》き、ユートは部屋の中へ足を踏《ふ》み入れる。

近くで作業をしていた男の一人が「おい、入るな！」と声をあげたが、ユートの耳にその声は入っていなかった。

ユートは睨《にら》みつけるようにカップを見据《みす》えたまま、側へと歩み寄っていく。

苛立《いらだ》ったように男がユートの肩に伸《の》ばした手を半ば無意識に払《はら》いのけ、男たちが気色ばんだ様子を見せるのにも気づかず身を屈《かが》めてカップを見つめる。

「これは……！」

その目に確信の色が浮かぶのと、部屋の入り口から声が投げられるのが同時だった。

「──おい、どうした？」

「ファイズ様……」

男たちの顔に安堵《あんど》と焦《あせ》りの入り混ざる色が浮かぶ。

叱責《しっせき》を恐れるように、男の一人が早口になってユートを指差した。

「この者が勝手に……入るなと言ったのですが聞かなかったのです！　決して、私たちが立ち入りを許したわけでは……！」

「ユリアナ──なんだその格好は？」

彼らの弁解にもさして興味を持たぬ様子で、ファイズは皮肉げな笑《え》みを浮《う》かべてユートへと視線を移す。

「部屋から出るなと言った覚えはないが、そんな格好で出歩くな。それにどこでも好き勝手に出入りしていいと許した覚えも……」

「これは、なんだ？」

ファイズの言葉を途中《とちゅう》で遮《さえぎ》って、ユートは机に置かれたカップを手にとって突《つ》き出す。

露骨《ろこつ》に嫌な表情を浮かべて、ファイズは突き出されたカップとその向こうのユートの顔とを見比べる。

「なんだとは……カップ以外のなにかに見えるのか？　今人気のマール工房の品だ。ずいぶん気安く触《ふ》れてくれるが、落として割った時には弁償する覚悟《かくご》ができているのだろうな？」

「マール工房？　これがか？」

ユートは冷笑《れいしょう》して、手にしたカップに視線を落とす。

「これを壊《こわ》したところで、弁償する気にはさらさらなれんぞ——いくらよくできていようと、偽物《にせもの》などにはな」

視線を戻《もど》してユートが投げた声に、ファイズはわずかに目を見開く。

「なんだと？」

「俺はマール工房の品物はよく知っている。本物のカップをこの目で見たこともある——その上で言っているんだ。これはまぎれもない偽物だと」

言いながら、ユートは机の上に並べられた品物をざっと目で見回す。

箱に入っているものも多かったが、むき出しの状態で置かれている美術品の中にはユートの目に怪《あや》しく映るものも数点混ざっていた。

どこがおかしいと断言はできない——だがユートの直感に訴《うった》えかけてくるものがある。

ゆっくりとファイズに視線を戻して、ユートは口を開く。はっきりとした不信と怒《いか》りの色が彼の目には浮かんでいた。

「お前——偽物を使ってケヴィンを騙《だま》したんじゃないのか？」

「……なに？」

「おかしいとは思ったんだ。たかが傭兵《ようへい》一人手に入れるために、高価な透《す》かし玉を簡単に壊したりするなんて……」

抑《おさ》えがたい怒りでぎらつく瞳《ひとみ》をファイズに向けて、ユートは言い放つ。

「あれが偽物だったから、なんのためらいもなく壊すことができたんじゃないのか？　いくら金が有り余っているにしても、一千万もの価値のある品物をケヴィンを引っかけるための罠《わな》に使うなんてあり得ないだろう！」

一喝《いっかつ》するユートを、ファイズは感情の読めない葡萄酒色《ぶどうしゅいろ》の瞳で見返す。

「これが――偽物だと？」

「そうだ！　これだけじゃない、他《ほか》にも――」

ファイズの瞳がすっと細められ、ユートは警戒《けいかい》の色を顔にのぞかせる。

偽物の存在を見破ったユートに対して彼がどのような行動に出るか――口を塞《ふさ》ぐために実力行使に及《およ》ぶというのなら、むしろ願ってもないことだった。

（全員叩《たた》きのめして、偽物のことを明るみに出してやる――！）

しかし得体の知れぬ輝《かがや》きを瞳に宿してカップを見つめたあと、ファイズは噛《か》みしめるように呟きを放った。

「偽物……だと。それも一つならず……」

「……ま、まさか！」

棒を呑《の》んだように立ち尽《つ》くしていた男の一人が、悲鳴じみた声をあげる。

ファイズの反応に違和感《いわかん》を覚え、瞳の奥に戸惑いをのぞかせたユートが思わずぎょっとして目をやったほど悲愴《ひそう》感に満ちた声だった。

「そんなはずはありません、これが偽物だなど──！」

「あり得ません！　その小僧《こぞう》の出任せに決まっております!!」

口々に言って男たちはユートに視線を向け、怒りと非難のこもる声を投げつける。

「適当なことを言って自由になろうとしているのだろう！　嘘《うそ》をついても調べてみればすぐにわかることだぞ！」

「そうだ、これほどの品が偽物であるなど──！」

ユートは驚《おどろ》いたように男たちの顔を見返し、その目を再びファイズに向けようとする。

それよりも早くファイズの手がカップを持つユートの手首を掴《つか》み、はっとしてユートが身構える前に強い力で引き寄せた。

（しまった……！）

悔《くや》しげに顔を歪《ゆが》めるユートに、ファイズは笑みを消したままの瞳を向けて言った。

「……これが偽物だと、お前が断定する根拠《こんきょ》は？」

「俺の目だ」

一拍《いっぱく》の間をおいて、ユートはきっぱりと応《こた》えた。

「俺は、俺の目を信じる。一度でもじっくりと見たことがあるものなら、どれだけ似ていようとも本物と偽物と見間違《みまちが》えたりしない──うちの世話係の非常識な目にはさすがに劣《おと》るがな」

最後の一言は小声で付け加えたため、ファイズの耳には入らなかった。

ファイズは黙《だま》ってユートの顔を見下ろしたあと、その手首を掴んだ手に込めた力を少しずつ抜《ぬ》いていく。

やがてするりとユートの手を放し、彼は居並んだ男たちに向かって命じた。

「ディキンズを呼べ」

「な――鑑定《かんてい》をさせるのですか？　そんな小僧の出任せを真に受ける気で……!?」

言いかけた言葉はファイズの眼光に遮られ、男たちの一人が転がるようにして部屋を走り出ていく。

それをあぜんと見送るユートに視線を戻して、ファイズは底冷えのする口調で言った。

「おい、ユリアナ――ユート」

呼び直されて、ユートはファイズに怪訝《けげん》そうな目を向ける。

怪しむのと戸惑《とまど》うのとが半々の視線を気にも留めず――あるいは意識するほどの余裕《よゆう》もないのか、ファイズは妙《みょう》に平坦《へいたん》な口調でユートに尋《たず》ねた。

「偽物は一点だけでないと言ったな？」

「……え？」

「それをすべて教えろ。他の場所で保管してあるものも今ここに運ばせる――お前の目で見て怪しいと思うものをすべて選び出せ」

並べられた品物を顎《あご》で指し示すファイズに、ユートは完全に戸惑いが勝《まさ》る眼差《まなざ》しを向ける。

「……どう、いうことだ？　なにを言って……」

ユートの疑問に答えようとはせず、ファイズはいまだにユートの手の中にあるカップに目をやって怒りのにじむ声を発した。

それが自分に向けられた怒りでないことに、ユートは一瞬《いっしゅん》遅《おく》れて気がついた。

「ここに偽物が紛《まぎ》れ込んでいるというなら、俺にそれを売りつけた人間が存在しているということだ。それも、このニーザベイムに――ここにある品はすべてニーザベイムに来てから買い付けたものだからな」

言葉を呑むユートに、ファイズは剣呑《けんのん》そのものの微笑《びしょう》を浮かべてみせた。

「偽物を一つ残らず見つけ出し、買い入れの記録と照らし合わせればそいつを俺に売りつけた人間もすぐに判明する。なんのつもりか知らんが、俺にそんなものを掴ませた奴《やつ》にはきっちり返礼してやらねば」


ファイズに強引《ごういん》に押し切られる形で、ユートはその部屋に並ぶ品物の中から偽物の可能性のあるものをすべて選び出した。

マール工房《こうぼう》の茶器を始めとする十数点で、ファイズはそれらを見下ろして低く唸《うな》る。

「これが……？」

悔しげな響《ひび》きのにじむ声に、ユートは肩越《かたご》しに視線をやる。

彼は次々と部屋に運ばれてくる品物の中から、偽物を選別するという作業に追われていた。

ニーザベイムに来てから仕入れた商品に限定しているが、それでもかなりの数がある。

その頃《ころ》になって、ファイズが呼んだ彼専属の鑑定士《かんていし》が寝間着《ねまき》姿で到着《とうちゃく》する。

「い、いったい……これはどういうことで？」

中年の鑑定士が訝《いぶか》しげな声をあげるのにもかまわず、ファイズは彼にユートの選んだ品物の鑑定をするよう命じた。

いつになく不機嫌《ふきげん》なファイズの声に、鑑定士は慌《あわ》てて懐《ふところ》から拡大鏡を出して装着する。

ユートも思わず手を止めてその作業を見守り、やがて鑑定士はぎこちなく顔を上げると沈黙《ちんもく》したままのファイズに視線を向けた。

鑑定の結果を聞くまでもなく、うっすらと青ざめた顔を見ればどのような結論が出たのかは明らかだった。

「あくまでも、可能性ではありますが……」

慎重《しんちょう》に言葉を選んで、鑑定士は告げる。

「この品が偽物《にせもの》である可能性は……否定できませんかと。時間をかけて調べてみないことにはわかりませんが、疑わしい点がいくつかございます。も、もちろん可能性であって、はっきりそうとわかったわけでは……！」

「可能性か。言葉を飾《かざ》らなくてもいい、お前の実力は俺がよく知っている――つまり簡単には見破れない程度の偽物だということだな」

「お、恐《おそ》れながら……まだ確証があるわけでは！」

「可能性があるというだけで十分だ。そのようなものを、よりにもよってこの俺が掴まされたとは……」

ユートはそのやりとりに、こらえきれなくなったように口を挟《はさ》んだ。

「……本当に、お前が用意したものではないのか？」

返されたのはほとんど殺気さえ帯びた視線で、ユートは思わず声を吞みこむ。

「馬鹿《ばか》にするな。そんな必要がどこにある？」

「しかし、だったらあの透かし玉は……!? まさか本当に、俺を手に入れるためだけに一千万もの品を壊《こわ》したというのか!?」

「お前にそれだけの価値がないと、いったい誰《だれ》が決めた？」

ファイズが返した声には掛《か》け値なしの本気の響きがのぞいており、ユートはあんぐりと口を開いたまま動きを止める。

「ま、まさか……でも、それじゃあ……」

呆然《ぼうぜん》と立ったままのユートから視線を外して、ファイズは買い入れの記録が記された帳簿《ちょうぼ》をぱらりとめくる。

「偽物を売ったのはこの国の貴族――ミウカ、ベイルン、トーリスの三人だ。油断したな……まさか貴族が偽物を売りつけてくるなどとは」

言葉を切って、ファイズはきつく眉根《まゆね》を寄せる。

「やってくれたものだ……おそらく仲介《ちゅうかい》に入った商人も共犯だろう。連中の用意した、なんの価値もない偽物に俺は目の色を変えて高値を付けたというわけだ。連中が腹の中で高笑いしているのにも気づかずにな」

言葉の端《はし》から怒《いか》りが滴《したた》り落ちるほどの声で呟《つぶや》き、ファイズはうつむいた顔を上げる。

決然とした光を瞳《ひとみ》にたたえ、彼はユートに向けて言い放った。

「手を貸せ、ユート」

「な……？」

「これだけの数の偽物を売りに出している以上、偽物を供給している場所か人間が必ずどこかにあるはずだ。そいつを調べ上げて、ぐうの音も出ない証拠《しょうこ》をこいつらに突《つ》きつけてやる――俺を騙《だま》したこと、存分に後悔《こうかい》させてやらなくては気が済まん」

「……お前が言うか、それを」

やや呆《あき》れたようにユートが口にした一言に、ファイズは心外そうな目を向けた。

「一緒《いっしょ》にされる覚えなどないぞ？　俺がいつお前を騙した？」

「お前がケヴィンにしたことも、十分騙したうちに入るんじゃないのか――それより、本当にあの透《す》かし玉は本物だったのだろうな？」

嘘《うそ》やごまかしを許さない瞳で見つめ返され、やや間をおいたのちにファイズははっきりした口調で応えた。

「本物だった――と、俺は信じている」

「そうか」

ユートはそれ以上のことは言わず、無言で瞳を伏《ふ》せる。

しばらくの沈黙を置いて、再び顔を上げた時にはすでに意志は固まっていたようだった。

「協力してもいい。ただし、一つ条件がある——この件を解決することができたら、賠償金《ばいしょう》の件はなかったことにしてもらいたい」

「……ずいぶん吹《ふ》っかけてきたものだな」

片眉《かたまゆ》を上げるファイズに、ユートは口元をわずかに笑《え》ませて返す。

「お前をコケにした相手を見つけ出す手伝いをするんだから、それくらい安いものだろう？お前の矜持《きょうじ》は、はした金で保たれるようなものなのか？」

「言ってくれるな」

いささか剣呑な笑いを閃《ひらめ》かせて、ファイズはユートの申し出を承諾《しょうだく》した。

しっかり働いてもらうぞ、と告げるファイズにユートはこれまでとはうって変わった不敵な笑みをのぞかせ、力強く応《こた》える。

「依頼《いらい》は果たすさ。お前こそ、あとになって約束をひるがえすような真似《まね》はするなよ」

半分以上本気の口調にファイズは再び心外そうな表情をのぞかせたが、ユートの笑みに目を奪《うば》われ、しばし黙《だま》り込んだあとふんと顔を逸《そ》らしたのだった。

6

翌朝、ファイズはユートと数名の護衛をともなって屋敷《やしき》を出た。

向かった先は、彼が貴族の屋敷に出入りする際に口利《くちき》きを頼《たの》んだ同業者の住居だった。

しかし案の定と言うべきか、連絡《れんらく》先として教えられたその家はすでにもぬけのからで、近所の住人の話によるともとから空き家になっていたようだった。

「最初から行方《ゆくえ》をくらます予定だったというわけか……こんなことだろうとは思ったが」

さほど悔《くや》しがるようなそぶりも見せず、淡々《たんたん》と呟くファイズをユートは呆れた表情で横目に見やる。

すでに女装はしておらず、ニーザベイムに来た時と同じ簡素な衣服に身を包んでいる。

ファイズに協力する条件の一つとして、ユートがあとから追加したのだ。

「それよりどうする気だ？　仲介者の行方がわからないのでは――まさか偽物を売った貴族のところに直接乗り込むわけにもいくまい？」

「乗り込もうとしたところで、門前払《もんぜんばら》いを食らわされるのが関の山だろう」

ファイズは路上に停《と》めた馬車に向かって歩き出し、その背を見送りかけてからユートは我に返って速歩で追いかけた。

馬車に乗り込みながら、ファイズは皮肉な笑みを浮《う》かべてユートを見る。

「一つや二つ紛《まぎ》れ込んでいたくらいなら、偶然《ぐうぜん》ということも考えられるが……買い取った品の大半が偽物だということは間違《まち》いなく故意にやったことだ。取り引き自体なかったことにして知らぬ存ぜぬを貫《つらぬ》くだろうよ」

「だったら、いったい……？」

訝しげな表情で、ユートは馬車の前に置かれた踏《ふ》み台に足をかける。

ファイズは絹張りの座席にゆったりと腰《こし》を下ろし、横目にユートの顔へと目をやった。

「すでに手配は済んでいる。ここへ来たのは単なる確認《かくにん》と——宣戦布告だ」

「……手配？」

首を傾《かし》げながら、ユートが座席に腰を落ち着けると同時に馬車の扉《とびら》が閉められる。

護衛たちはそれぞれ馬にまたがり、彼らに前後を囲まれて馬車が動き出す。控《ひか》えめな振動《しんどう》と車輪の音が伝わる中、ファイズは付け足すように言った。

「向こうも、まさかこうも早く偽物の化けの皮がはがれるとは思っていなかったはずだ。仲介役のあの男にしたところで、自分が追われているなどとは夢にも思っていまい……今ならまだ奴《やつ》を見つけ出すことは難しくはない」

「だが、どうやって……」

探し出す気だ、と言いかけるユートの声をファイズが遮《さえぎ》る。

「あの男に多額の懸賞《けんしょう》金をかけた。昨晩のうちに人の集まる酒場に人相書きを貼《は》りだして——目撃《もくげき》情報だけでも謝礼を支払《しはら》うと書いておいたから、じきに居所が摑《つか》めるはずだ」

「け……懸賞金？」
思わずいくらか聞きそうになって、寸前でユートは自制する。
（俺が探しに行けるわけでもないだろうし、ものすごい高額だったらかえって腹が立ちそうだ
……まったく、金持ちの考えることというのは）
内心でぶつぶつと呟くユートの様子には気づかず、ファイズは冷ややかな笑みを口元にのぞかせて言った。
「今頃《いまごろ》、うちの連中も血眼《ちまなこ》になって探し回っているはずだ。逃《に》げ切れるものなら逃げてみるがいい――取り引きのある同業者にも、詳《くわ》しい事情は伏せて協力を要請《ようせい》している。商人の情報網《じょうほうもう》を甘く見ないほうがいいことをその身で思い知ってもらおう」

「……なるほど、偽《にせ》の美術品か」

隠《かく》れ家の一室で、モートン卿《きょう》から届けられたばかりの報告書に視線を落として、タジェスはぽつりと呟きを発した。

「そんなものがこのディエで出回っているとは……だが、これで繋《つな》がりが見えてきた」

彼が手にしているのは、ここ数日の組連内での動きを記したものである。

貴族間の金の流れについて、組連から情報提供を受けていたモートン卿は組連内での動きを察知し、調べられる限りの情報をタジェスに書き送ったのだった。

「偽物《にせもの》の出所はすべて、組連に加盟していない他国の商人——国内の商人から手に入れた者もいたが、出所は他国の商人である可能性が高い。時期は一月前ほどからで、第二王子派の貴族たちが力をつけてきた時期とも一致《いっち》する」

タジェスは呟きながら、読み終わった報告書を暖炉《だんろ》の中に投げ入れる。

そこにはこの季節にもかかわらず、小さく熾火《おきび》がおこしてあり紙は一点からじりじりと燃え上がって、さほどの時間もかからず白い灰になった。

大きく開けた窓の側《そば》に立ち、その様子を見やってタジェスは苦い笑みを洩《も》らす。

(それにしても……またとんでもないことに巻き込まれたものだな、ユートも)

危険の多い出稼《でかせ》ぎから足を洗おうと考えた矢先に、こんな事件に巻き込まれる羽目になるのだから、よほど厄介《やっかい》事に愛されているとしか考えられない。

(本人は『そんなものに好かれてもちっとも嬉《うれ》しくない！』と言うだろうけど……)

しかも、報告によればことが発覚した発端《ほったん》は、ケヴィンの持ち込んだ透かし玉の破片《はへん》である。

あまりの巡《めぐ》り合わせに、タジェスとしては苦笑《くしょう》する以外になかった。

ユートにとっては災厄《さいやく》の元凶《げんきょう》に他《ほか》ならないだろうが、あの透かし玉のおかげで偽物の存在が明らかとなったようなものだった。

(ユートには礼を言わねばなるまいな……いや、イルとケヴィンにもか。イルにそんな特技があるとは初耳だったが)

口元にのぞかせた微笑《びしょう》を消し、タジェスは窓の外に目をやる。

（例の透かし玉が偽物とはっきりしたなら、ユートのことはケヴィンと組連に任せておいても大丈夫《だいじょうぶ》だ。ファイズがどこまで偽物に関《かか》わっているか気になるが――）

「まずは――偽物の出所を突《つ》き止めないことには」

雲一つない空は澄《す》んで明るかったが、それを見やるタジェスの瞳《ひとみ》には彼の内心を表すような鋭《するど》く厳しい光が浮かんでいた。

ファイズはユートを連れて、ディエに滞在《たいざい》する知人のもとを次々と訪ねて歩いた。

彼と同じく、組連に加盟していない他国の商人が中心だ。世間話に交えて最近貴族との取り引きがなかったかを尋《たず》ね、買い入れを行ったという商人からは巧妙《こうみょう》に自尊心をくすぐって手に入れた品を見せてもらう。

ひそかに目配せを受けて、ユートは口の動きだけで「偽物だ」と答えを返した。

気づかずに偽物を所持している商人は多く、二人が調べた限りでは大半がニーザベイムの貴族から買い入れたものだった。それまで交流のなかった貴族から仲介者《ちゅうかい》を通して打診《だしん》があり、提示された品物も非常に質の高いものだったため二つ返事で買い取ったらしい。

「俺の時と同じ手段だな。買い入れた時期も似たようなものだというし……」

移動する馬車の中で、ファイズが誰《だれ》にともなく呟《つぶや》くように言う。

「だが、取り引きを行ったという貴族の名はお前の言っていた三人とは違《ちが》っていたぞ。他にもこの件に関わっているニーザベイムの貴族がいるということか？」

「何人の貴族が関わっていたとしても、少しもおかしくはないだろうよ。濡《ぬ》れ手に粟《あわ》で大儲《おおもう》けできる絶好の機会だ。欲の皮の突っ張《ぱ》った奴なら喜んでこの話に飛びつくだろう」

「……濡れ手に粟か」

ユートは表情を陰《かげ》らせて呟く。

その言葉自体には誘惑《ゆうわく》を感じたが、他人を騙《だま》してまで大金を手にしたいと思う人間の心境は理解できなかった。

たとえ罪に問われることがなくても、相手が騙されたことに気づかなくても、自分の行いは自分自身がよく知っている。正当な手段で手に入れたのではない金を、気持ちよく使うことができるのだろうか――そう思わざるを得なかった。

しかし、そのように感じない人間も多いのだろう。金ばかりでなく、望むものを手に入れるためなら手段を選ばない人間は……

ちらりとファイズを横目に見やり、ユートはため息をついて視線を外す。ファイズはそれに気づいて不審《ふしん》そうに眉《まゆ》を上げたが、口に出して問いかけようとはしなかった。

二人を乗せた馬車は市内を移動し、すでに昼食の時間を過ぎていたため一等地に店を構える高級料理店の前で停《と》まる。

そこで食事を摂《と》っている最中、ファイズの商隊の随行員《ずいこう》が待ちわびた報《しら》せとともに現れた。

「――見つかったのか？」

耳打ちを受けて、ファイズは瞳を鋭く細める。

うなずきを返す男に低い声で二、三問いかけると、ファイズはユートに視線をやって物騒《ぶっそう》な笑《え》みをのぞかせた。

「仲介役の男が見つかったらしいぞ」

「だったら、すぐ——！」

「慌《あわ》てることはない。すでに身柄《みがら》は押さえている——食事を済ませてから向かう程度の時間の余裕《よゆう》はあるはずだ」

焦《あせ》るユートをよそに、ファイズは運ばれてきた料理をゆっくりと時間をかけて平らげてから随行員の案内する場所へと向かった。

そこは住宅地の外れに位置するこぢんまりとした邸宅《ていたく》だった。

近くに他の家はなく、伸《の》び放題の生け垣《がき》が家の周りを囲っている。その様子から察するに、臨時の隠れ家であるようだった。

ファイズが家の中に踏《ふ》み込むと、それらしき男が広間の中央に転がされていた。

他に二人ほど、気を失って倒《たお》れている男がいる。縄《なわ》で縛《しば》り上げられた男たちは身なりから察するに、男に雇《やと》われた護衛かなにかだろう。

「クレイル」

呼びかけながら、ファイズは床《ゆか》の上の男に歩み寄っていく。

男は縛られてはいなかったが、たるんだ頬《ほお》には殴《なぐ》られたような痕《あと》があった。怯《おび》えた目でファイズを見上げ、じりじりと床を這《は》うように下がる。

「いったいどうしたことだ？　行方《ゆくえ》が知れなくなって心配したぞ。あれだけ世話になったのに十分な礼もできなかったからな」

親しげな呼びかけとは裏腹に、ファイズの目には刺《さ》すような光があった。

クレイルはさらに下がろうとしたが、いち早く後ろに回り込んだクルディットが抜《ぬ》いた剣《けん》を彼の首筋に突きつけて制止する。

ひえっと声をあげてクレイルは動きを止め、ファイズはその前に立って笑いかけた。

「お前のおかげで、大したものが手に入ったんだぞ——まるきり本物としか見えないような、見事な出来の偽物が、な」

その笑みからは好意ではなく威《い》圧《あっ》感《かん》しか感じられず、クレイルは口をぱくぱくと開閉させたまま声を出すこともできずにいた。

「お前には聞きたいことが山ほどある。こうして行方をくらましている以上、お前もあの偽物とは無関係ではあるまい？　どこまで知っている？　誰の指示で動いていた？　お前が知っている限りのことを洗いざらい話してもらうぞ」

「し、し……知りません！　そのようなことは……ひっ!!」

クレイルの声が息を呑《の》むような音に変わったのは、首筋に当てられた刃《やいば》が耳に浅く食い込むのを感じたためだった。

「おい……！」

見かねてユートが止めようとするが、ファイズの護衛がその進路を塞《ふさ》ぐ。

顔面蒼白《そうはく》となったクレイルに、ファイズは浮《う》かべた笑みを消さずに言葉を放《ほう》りやる。

「知らないわけがなかろう？　お前の紹介《しょうかい》で会った貴族に、俺はあの偽物を売りつけられたんだから……それも全員からだぞ？　そんな偶然《ぐうぜん》があるとでも言うつもりか？」

「そ、それは……」

「耳を切り飛ばした次は、指の番だ。それもなくなったら鼻と目、それでも答えないようならその役立たずの舌を切り落としてやる」

ファイズの声は淡々《たんたん》としており、それがかえって彼の言葉が本気であることを表していた。

白目の部分までむき出しにしてクレイルはくぐもった声をあげ、ファイズの目配せを受けてクルディットが耳に添《そ》えた剣を振《ふ》り下ろそうとした時だった。

目の前の護衛を押しのけて、走り寄ろうとしたユートの視界が真っ白に染まった。

「——っ！」

鼻を突く異臭《いしゅう》に、ユートはとっさに手で鼻と口を覆《おお》う。

同時に空気が動き、間近に人の気配を感じてユートは腰《こし》の剣を抜き放った。

後頭部に振り下ろされた刃を半ば勘《かん》だけで受け止める。振り払《はら》った剣を突き出すと手応《てごた》えはなかったが気配が離《はな》れるのがわかった。

ユートはそれ以上追おうとはせず、剣を手にファイズのもとへ走り寄る。

視界は利《き》かなかったが、記憶《きおく》だけを頼《たよ》りに駆《か》け寄ると視界を覆う白煙《はくえん》の向こうにぼんやりとファイズの派手な衣《ころも》が見えた。

「ファイズ！」

呼びかけると、ファイズの浅黒い顔がこちらを向くのがわかる。

「様をつけろ、様を！　雇われている自覚があるのか！」

「そんなことを言ってる場合か！」

言いながらユートは彼に駆け寄り、襲《おそ》いかかってきた男を蹴《け》り飛ばす。

暗い色の衣服と覆面《ふくめん》を身につけた男たちは手強《てごわ》く、よく訓練された兵士を思わせた。言葉も発さずに襲いかかってくるあたり、裏の仕事に従事している人間の可能性が高い。

白煙にまぎれてよく見えないが、人数は十人前後と思われる。ファイズの連れている護衛の数なら十分対処できる数に思えたが、ふいをつかれた上に煙《けむり》が彼らの行動を阻害《そがい》しているためファイズを守るだけで精一杯《せいいっぱい》のようだった。

刺激臭《しげきしゅう》のある煙をまともに吸い込まないよう気をつけながら、ユートはファイズを背中に庇《かば》って男たちの攻撃《こうげき》を受け止める。

他《ほか》の護衛たちも奮戦していたが、反撃《はんげき》に転じるほどの余裕はなかった。白い煙の中、随行員たちが悲鳴をあげて逃《に》げまどっている物音が聞こえる。

「――くそっ！」

ユートは思わず焦《じ》れた声をあげたが、ファイズの声は冷静だった。

「煙が収まるのを待て！　そいつらは格好の情報源だ――生かしたまま捕《と》らえろ。成功した奴《やつ》には特別手当を弾《はず》んでやる！」

特別手当の一言に思わずぴくりと耳が動いたが、状況《じょうきょう》を思い出してユートは顔を向けずにファイズに怒声《どせい》を返す。

「そんな余裕があると思ってるのか⁉　どこに目をつけてるんだ！」

同時に、襲撃者《しゅうげきしゃ》たちの一人が懐《ふところ》から取り出した筒状《つつじょう》のものに火をつけて放る。

激しく噴《ふ》き出した白煙が視界をさらに白く塗《ぬ》り込め、鼻と口を覆っていても侵入《しんにゅう》する煙にユートは思わずむせ返る。

そこを襲われれば一巻の終わりだったが、なぜか攻撃を加えられることはなかった。

少しずつ煙が薄《うす》れ、ユートや煙を吸い込んだ他の護衛たちの咳《せき》が収まった時には、部屋のどこにも襲撃者たちの姿はなかったのである。

そればかりか、捕らえられていたクレイルや縛られた男たちの姿もなかった。

部屋のあちこちで負傷してうずくまる随行員たちには目もくれず、ファイズは怒《いか》りのこもる目で室内を見回した。

「……まんまと奪《うば》い返されたか」

舌打ちの混ざる声にユートはわずかに眉を上げたが、あえて言葉を返そうとはせずに随行員たちに駆け寄って応急手当てを始めたのだった。

ユートたちがファイズの屋敷《やしき》に戻《もど》ったところで、訪問者を待たせてあることが留守を任せていた家令の口からファイズに伝えられた。

「誰《だれ》だ、こんな時に……さっさと追い返せ！」

「それが……」

訪問者の名を告げられて、ファイズの眉がぴくりと動く。

「ケヴィン……？　あいつが？」

「旦那《だんな》様はいらっしゃらないので、出直すようにと何度も申したのですが帰るまで待つの一点張りで……賠償《ばいしょう》金の用意ができたので旦那様に面会したいと。とにかく一度会うまでは絶対に帰らないと頑《がん》として言い張っておりまして」

ファイズは低く舌打ちしてなおも追い返すよう家令に命じたが、ユートは表情を険しくして二人の間に割り込んだ。

「おい、賠償金を用意してこいと言ったのはお前だろうが！　約束を忘れたのか!?」

「そんな約束はとっくに反古《ほご》になっているだろう。お前こそ忘れたのか？　賠償金をなかったことにするのと引き替《か》えに俺に協力すると言ったこと……」

「そ、それはそうだが……」

思わず言いよどんでから、ユートはきっとファイズの顔を睨《にら》み返す。

「だが、それとこれとは話が別だ！　自分で言い出した約束も守れないような人間を俺は信用するつもりはない——自分との約束も、いつ破られることになるかわからんからな。仮にも商人なら、自分が口にする言葉にはどれだけの重みがあるかわかっているはずだ！」

苛立《いらだ》ったような目をユートに向けて、ファイズはおもむろに口を開いた。

「……お前は、あの小僧《こぞう》に損害を与《あた》えないためにここに来たのではなかったのか？」

「そうだ」

あっさりとユートは認める。

「だからこそ、きちんとケヴィンと話し合う必要がある。俺もお前との約束を破る気はない。金を賠償金を払わなくても解放される手段があるのに、ケヴィンに金を払わせたりはしない。金を工面してくれたあいつには悪いがな――」

表面上は落ち着き払って告げたものの、ユートの内心は穏《おだ》やかではなかった。

（まさか、ケヴィン……とんでもない手段で賠償金を用意したのではないだろうな？　タジェスが立て替えたのならいいが……いや、よくはないが全財産を売り払ったなどというのに比べたら――まさか非合法な手段に手を出してはいないと思うが……）

不安を顔には出さないように留意しながらユートはファイズの顔を見返し、やがて嫌《いや》そうに顔をしかめてファイズは応《こた》えた。

「……わかった。会うことだけは会ってやる」

その言葉にほんの少しだけ表情を緩《ゆる》めて、ユートは家令に案内させて応接間へと向かうファイズのあとに続く。

そこで待っていたのは、ケヴィンとイル――それに見覚えのない黒髪《くろかみ》の男性だった。

「ユート!」

ケヴィンはユートの姿を見るとぱっと顔を輝《かがや》かせて立ち上がりかけ、ファイズに目をやると慌《あわ》てて表情を引き締《し》めて座り直す。

イルは大人しくしているよう言い含《ふく》められていたのか、ケヴィンの座る椅子《いす》の後ろに立ったまま動こうとはしなかった。しかしその顔は満面の笑《え》みをたたえてユートを見つめ、目が合うなりぶんぶんと手を振ってみせる。

「お——」

言いかけたところで、黒髪の男性に脇腹《わきばら》を小突《こづ》かれてイルは軽く咽《む》せる。

ユートは変わりのないイルの様子に力が抜《ぬ》ける思いだったが、男性の正体がわからず内心で首を傾《かし》げた。

(タジェス——じゃないな。もっと歳《とし》がいっているし……顔立ちも全然違《ちが》う)

黒髪が目に入った時はタジェスかと思いかけたが、よく見れば口髭《くちひげ》を蓄《たくわ》えた見たことのない男性だ。剣《けん》を帯びていることから臨時に雇《やと》った護衛だろうと判断し、ユートは内心でちらりと覚えた落胆《らくたん》を打ち消すように強く首を振《ふ》った。

「——賠償金を用意してきたというのは本当か?」

その間に部屋にずかずかと踏《ふ》み込んでいったファイズが、椅子にかけたままのケヴィンを見下ろして声をかけた。

ケヴィンはやや威圧《いあつ》された様子ながらも、精一杯顔を上げて言い返す。

「そうですよ。じゃなかったら、ここに来ているわけがないでしょう？　お金の用意もできていないのに、あなたが僕に会ってくれるわけがないんですから」

「おい、ケヴィン……！」

「待たせてごめん、ユート」

ユートがなにか言いかけるのを、ケヴィンはにこりと笑んで遮《さえぎ》った。

大丈夫《だいじょうぶ》、と告げるような力強い眼差《まなざ》しに、ユートは思わず出しかけた言葉を呑《の》み込む。彼が再び口を開くより早く、ファイズがぞんざいな口調で言葉を投げた。

「だが――残念だったな。そいつは今、俺と契約《けいやく》を交《か》わしている。契約を果たした際には賠償金を不問にする約束でな。とっくにお前の出る幕ではなくなっているんだ。どんな手を使って用意したかわからんが、金を持ってとっとと帰るといい」

「……契約？」

目を丸くして見やるケヴィンに、ユートはうなずきを返す。

しかしユートが続けて言葉を口にするより早く、ケヴィンはファイズに顔を向けてあっさり言い放った。

「そんなの関係ないでしょう。本来、これは僕とあなたとの問題なんだから」

「……なんだと？」

「ユートには、僕の払《はら》うべき賠償金を肩代《かたが》わりする義務なんてないんですよ。それどころか、本当ならあなたに従う理由だってない――ただ僕の商人としての評判を傷つけられるのを避《さ》けるために、友達として僕を助けるためにあなたに従ったにすぎない」

いっそ軽快なほどの口調で告げると、ケヴィンは黒髪の男性にちらりと目をやる。

男性は肩《かた》に下げていた袋《ふくろ》から、重そうな革袋《かわぶくろ》を二つ取り出して応接室の中央に置かれた卓《たく》の上に並べた。

「ユートの気持ちはありがたいけど、これは本来僕が払うべきお金です。あなたが賠償を求めたのは僕であってユートじゃない。あなたとユートがどんな契約を結ぼうとも、僕の支払い義務のほうが優先されるはずですよ」

よどみなく一息に言い放って、ケヴィンはにっこりと笑みを浮《う》かべた。

「それに契約がどうこう言うんだったら、他《ほか》の報酬《ほうしゅう》を決めればいいじゃないですか。賠償金の額を現金で支払うと言ったら、きっとユートは二つ返事で受けると思いますよ。ユートが自由意志であなたに協力するというなら、僕も口出しする気はないですし」

「……お前なぁ」

さすがに気を悪くした様子でユートが声をあげる。

「人のことをなんだと……そもそも、なんのために俺がそんな契約を……」

「え？　引き受けないんですか、お——ユート様？」

いかにも意外そうなイルの声にユートは一瞬真面目《いっしゅんまじめ》な顔で考え込みかけ、はたと我に返ると刺《さ》すような視線を二人に向ける。

「お金を用意してきた以上、ユートは返してもらえますよね？」

しかしその時にはもう、ケヴィンはファイズに視線を戻して口を開いていた。

ファイズは眉《まゆ》を寄せて言下に切り捨てようとしたが、それに被《かぶ》せるようにケヴィンは笑顔で言葉を放った。

「だけどお金を払う前に、一つ確認《かくにん》させてもらいたいものがあるんですけど——僕が壊《こわ》した透《す》かし玉の破片《はへん》はどこにありますか？」

「……そんなもの、とっくに捨てたに決まっているだろう」

「それはおかしいですよ。僕に賠償金を求めた以上、被害《ひがい》を証明するあの透かし玉の破片を捨てたりするはずがない。でなかったら——」

言いながらケヴィンは小さな布の包みを取り出し、卓の上に広げて置く。

「仮に僕がこれを偽物《にせもの》だと言い出しても、否定する材料がないということになる」

包みの中身を見たファイズの目が鋭《するど》く細められる。そこにあったのはごく小さな珊瑚《さんご》のかけらで、鈍《にぶ》い金色の色合いにはファイズも見覚えがあった。

「偽物……だと？　本当か？」

ユートの言葉にうなずいてから、ケヴィンはファイズに視線を戻《もど》す。

「偶然《ぐうぜん》、僕の服の隙間《すきま》に入っていたんだ。これを組連の鑑定《かんてい》にかけたら、偽物だという結果が出てね——だから、ここにあるはずの残りの破片を見せてもらいたいんだ。本物なら出すのを拒《こば》む理由はないだろう？　あなたのところの人が、破片を持ち帰っているのを僕は見ている。わざわざそのあとで処分したというなら、あなたは最初からこれが偽物だと知っていたことになる――そう主張されても反論できないんじゃない？」

ファイズはしばらく黙《だま》ってケヴィンの顔を睨みつけていたが、やがて口元に笑みを含ませて真向かいの椅子にどさりと腰《こし》を下ろした。

「……なるほど。それがお前の切り札というわけか」

ケヴィンは無言のまま、手のひらに掻《か》いた汗《あせ》を見えないところで拭《ぬぐ》う。

表向きは平然としているように見えるケヴィンの顔を、ユートは複雑な表情で口を閉《と》ざしたまま見やる。

「ずいぶん強気に出てくると思ったら、そういうことか――誰《だれ》の入れ知恵《ぢえ》だ？　どうせお前の考えたことではあるまい」

「――私ですよ」

ケヴィンの背後にひっそりと控《ひか》えていた黒髪の男性が応える。

その声に聞き覚えがあることに気づき、息を詰《つ》めてことのなりゆきを見守っていたユートが軽く目を見開いた。

男性は被っていた黒髪の鬘《かつら》を外し、口髭をむしり取ると懐《ふところ》から出した眼鏡《めがね》をかける。

「お前……ジスカール!?　どうしてこんなところに……!?」

「ご挨拶《あいさつ》ですねぇ、あなたを助けるためにわざわざ来たというのに」

目元や肌《はだ》の色を化粧《けしょう》で誤魔化《ごまか》していたが、人を食った笑みを浮かべるその顔はまぎれもなくジスカールのものだった。

「たいそう可愛《かわい》らしい格好で連れ回されていたと聞いたんですが、もう止《や》めてしまわれていたんですね。拝見することができなくて残念ですよ」

「う、うるさいっ！　そんなことより、どうしてお前がここに……？」

混乱した様子のユートにそれはあとで、というように笑いかけてからジスカールはファイズに向き直った。

「初めまして、私はジスカール・フェルディィス。組連の渉外部《しょうがい》に所属しております——ご存知かもしれませんが、念のためご挨拶を」

「……組連の幹部か」

低く唸《うな》るような声を、ファイズは返す。

「わざわざ変装までして念の入ったことだな。そのへっぽこ商人にそこまで肩入《かたい》れする価値があるのか？」

「組連が関《かか》わっていると知ったら、面会を拒否《きょひ》されるかもしれませんでしたからね。どうやら組連の内部についてそれなりの知識をお持ちのようですし……ひとかどの商人ともなればそれくらい当然ですけどね」

わずかに視線を険しくするファイズに、ジスカールは平然たる表情で告げる。

「それに——彼はともかく、彼が持ち込んだその破片には大変な価値がございますよ。あなたには、とっくにおわかりのことと思いますが」

「………」

「あなたが偽造品《ぎぞう》を使って彼を騙《だま》した可能性がある以上、私どもとしても放置しておくわけには参りません。まして、同じくらい精巧《せいこう》な出来の偽造品がこのディエで出回っているとなると……あなたからは、ぜひともお話を聞かせていただかなくては」

「俺のもとに、本物の破片がない限り――か」

ファイズは呟《つぶや》いて、布の上から破片をつまみ上げる。

ぎょっとしたように目を見開いたケヴィンが止める間もなく、彼はその破片を手の中に握《にぎ》り込んでばきりと砕《くだ》いた。

「な――っ！」

顔色を変えて、ケヴィンが大声をあげる。

「なんてことを！　そんなことをしたってとっくに――!!」

「これが偽物だと言うのなら、お前が壊した透かし玉は間違《まちが》いなく偽物だ」

ファイズの投げた声が、ケヴィンの言葉を半ばで止める。

虚《きょ》をつかれたような表情で口を半開きにしたままケヴィンは動きを止め、ファイズは砕いた破片を卓の上にぱらりと落とした。

「残りの破片はとっくに始末してしまったが、間違いなくこれと同じもの……鑑定にかければ同じ結果が出るだろうよ」

「では、お認めになるので……？　あなたが偽造品を使って彼を陥《おとしい》れたことを」

「そんなことを誰が認めると言った？」

さらりと問いかけるジスカールを、眼光を険しくしてファイズが睨《にら》み返す。

「俺が望んだものを手に入れるのに、偽物などというくだらんものを使うと思うか？　馬鹿《ばか》にするな！　最初から偽物だと知っていたら、断じてこいつを手に入れるための手段に使ったりなどするものか！」

ファイズの言葉にケヴィンは目を丸くし、眉を寄せて口を開きかけていたユートもその口を閉じる。

ジスカールだけが先程《さきほど》までと変わらぬ表情でファイズを見返していた。

「これと同じような偽物が発見されていると言ったな？　俺のところからも偽物が見つかっている——すべて、ディエに来てから手に入れたものだ。どこがこの偽物の出所か——知りたいのはこちらのほうだ！」

荒《あら》い語調でファイズが言い放つと、室内には沈黙《ちんもく》が満たされる。

ケヴィンは混乱したようにおろおろと視線を動かし、ユートは無言のまま両者の表情を見比べる。イルはそんなユートに問いかけるような目を向けていたが、室内の空気に遠慮《えんりょ》したのか口を開くことはしなかった。

ジスカールは薄《うす》い眼鏡の奥の瞳《ひとみ》を光らせ、観察するようにファイズを見つめる。

やがて、眼差《まなざ》しをほんの少しだけやわらげて、彼は口元に納得《なっとく》したような笑《え》みを浮《う》かべたのだった。

7

「なるほど、あなたも偽物を掴《つか》まされた口というわけですか」

ジスカールの言葉に、ファイズはむっとしたように口をへの字に曲げる。

しかし反論はなく、顔を背《そむ》ける彼をケヴィンはぽかんとした表情で見つめやる。一方でジスカールの顔に驚《おどろ》きの色はなく、ユートは疑わしげな目つきで言葉を投げた。

「知っていた……という顔だな？」

「確証はありませんでしたよ？　まさか傭兵《ようへい》一人手に入れるために、本気で高価な品物を壊すなんて馬鹿なことをする人がいるなんて、そう簡単に信じられるものでもありませんし」

ああ失礼、とファイズに口先だけで謝ってジスカールは言葉を続ける。

「ですが、とある筋から情報が入りましてね――組連に所属していない外国人商人を狙《ねら》って、偽《にせ》の美術品を売りつけているニーザベイムの貴族がいるらしい、と」

「し……知っていたなら、教えてくれたって……！」

「知っていてもいなくても、あなたの役目は変わりませんので」

ケヴィンの抗議《こうぎ》を、ジスカールは笑顔のままあっさりといなす。

「それに騙されていたと思ったほうが、あなたも気合いが入ると思いましたし……彼が偽物を流した側とまったく無関係だという確証もなかったものですから。念には念を、というやつですよ――なにしろ、あなたは顔に全部出てしまいますからね」

「……う」

ケヴィンを黙らせて、ジスカールはファイズに視線を戻す。

ファイズは鋭《するど》く光る瞳で彼を見つめていたが、その眼差しを気に留めるそぶりも見せずジスカールは笑顔で続けた。

「あなたがこの偽物の一件にどう関わっているのか、それを確かめてみないことにはこちらとしても対応を決められなかったのですよ。騙した側か、騙された側か――それによって取るべき対応は大きく変わってきますから」

「そのために、そいつを利用したというわけか」

ケヴィンを目で示してのファイズの言葉に、ジスカールは心外そうに肩《かた》をすくめる。

「お互《たが》いの目的のために協力を結んだだけですよ。彼は自分が壊《こわ》した品物が偽物であると証明したかった、私はあなたが偽物とどう関わっているのか確かめたかった。お互いの目的を達成するために力を貸し合うのは利用とは言わないのでは？」

「……ものすごく上手に利用された気がするんだけど」

ぼそりと呟くケヴィンにちらりと目をやり、ジスカールはああ、と首を傾《かし》げて言った。

「そういえば、偽物であるということを証明する彼の目的は果たされましたが……相手が本物だと信じていた場合、賠償《ばいしょう》の責任は生じるんでしょうかねぇ。それ相応の対価を支払《しはら》って手に入れた品であることは間違いないでしょうし……」

「え……あ、でも……！」

途端《とたん》に顔色を変えて、ケヴィンはあたふたと声をあげる。

先程までの堂々とした態度が嘘《うそ》のような慌《あわ》てぶりに、ユートは思わず呆《あき》れた視線を向ける。

「お前……支払う気がないのに金を持ってきたのか？　というか、もしかしてそれは本物じゃないのか？」

「ち、違《ちが》うよ！　でも組連で用意してくれたお金だから……勝手に使ったりしたらどんな目に遭《あ》わされるか……」

「安心してください、利子が規定の三倍になるだけですから」

「そんなことを聞いて安心できるか！　それなら俺が働いて返したほうがいい！」

血相を変えて怒鳴《どな》るユートに、ファイズが眉間《みけん》に皺《しわ》を寄せて言葉を投げた。

「あいにくだが、お前との契約《けいやく》は無効だ」

「だから、ケヴィンに払わせるつもりはないと言ってるんだ！　偽物ならなおのこと、そんな借金をケヴィンに背負わせるわけには――」

「お前からも、そのへっぽこ商人からも金を受け取るつもりはない」

ファイズの言葉に、ユートはあげかけた声を思わず呑《の》みこむ。

困惑《こんわく》と不審《ふしん》の混ざる眼差しを受けて、ファイズは憤然《ふんぜん》とした口調で言った。

「こんな偽物を壊されたことを理由に賠償金など要求できるか！　そんな恥《はじ》をさらすくらいなら、多少の損害を受けることくらいどうでもいい！」

「……いや、多少じゃないだろう」

呆れたようにユートは呟いたが、ケヴィンもそれは同感だった。

二対《つい》の視線を受けてファイズは「なんだ、文句でもあるのか」と眉《まゆ》を上げ、両者はいっせいにふるふると首を横に振《ふ》る。

「とにかく、お前の要求する報酬《ほうしゅう》はなくなった――別の報酬を用意してやってもいいが、どうせお前は金では動かんだろう」

「そんなことはありませんよ、お――ユート様はお金に目がありませんから！」

ごく当然のことを言うような笑顔でイルが声を投げ、ユートはぎろりとその顔を睨む。

「お前な！　人を金の亡者《もうじゃ》みたいに……！」

「違ったんですか？　お金がからむことになると目の色が変わりますから、てっきり……」

ファイズは二人のやりとりに目を丸くしてから、口元に苦い微笑《びしょう》を浮かべた。

「金の亡者なら、大金を出して雇《やと》うと言われれば喜んでついてきそうなものだがな。まぁ――簡単に手に入れられそうもないから、余計に興味がつのったという点もあるが。それに、こいつの目利《めき》きの才はかなりのものだからな。今回の件に関しては役に立つと思ったのだが……」

「今回の件……というと、あなたも偽物の調査を？」

「当たり前だ。あんな偽物を掴まされて、黙《だま》って引っ込んでなどいられるか！」

探《さぐ》るような目を向けて問いかけるジスカールに、憤《いきどお》りのにじむ声を投げ返してからファイズは苦々しげな口調になる。

「だが、偽物を売った貴族の名が他《ほか》にいくつか判明しただけで、成果らしい成果はない。貴族との仲介役《ちゅうかい》をしていた男も一度は身柄《みがら》を押さえたが、邪魔《じゃま》が入って取り逃《に》がした──おそらく次は簡単には見つけ出せまい」

おやおや、と言いたげにジスカールは片眉を上げる。

「逃がしてしまったんですか……貴重な証言者であったかもしれないのに」

「わかっている、そんなことは！」

嫌《いや》そうに顔をしかめてファイズは言い返す。自分の不手際《ふてぎわ》を自覚しているのか、それきり黙り込んだ彼にジスカールは笑みを向けて言った。

「ですが、安心しました」

「……安心？　どういうことだ？」

「あなたが自分から偽物の一件に関《かか》わろうとしていることですよ。そこまで積極的に出ているのであれば、私どもとしても心おきなくあなたを巻き込むことができます」

その言葉にはファイズのみならず、ユートとケヴィンも目を見開いてジスカールを見やる。

「おっと、言葉の選び方が悪かったですね。このまま引き下がるつもりでないのならば、協力することができるのではないかと言いたかったのですが……こちらが必要とする情報を提供してくださるなら、私どももこの一件に関して得た情報をあなたに提供いたします。お互い損はない話だと思いますよ？」

「俺の必要とする情報を、お前たちが持っているという保証はあるのか？　第一俺に聞きたいことというのはなんだ？　偽物を流している貴族の名前などは、そちらですでに摑んでいるんじゃないのか？」

ファイズの問いにはぐらかすような笑《え》みを浮かべたまま、ジスカールは彼の二番目の質問にのみ答えた。

「私どもが知りたいのは、外国人商人たちの被害《ひがい》の実態です。すでに国外に出てしまった方はどうしようもありませんが——国内に留《とど》まっておられる方の被害の状況《じょうきょう》を知りたいんですよ。それも秘密裏《ひみつり》に、できるだけ詳《くわ》しく」

ことがことなだけに、あまり騒《さわ》ぎを大きくしたくはありませんから——とジスカールはやや声を低くして付け加える。

「それを聞いてどうするつもりだ？」

「被害者《ひがいしゃ》が一人や二人ならそらっとぼけることもできるでしょうが、数が集まったらどうなるでしょうね？　他国に対してのニーザベイムという国の信用の問題もある。国としても、重い腰《こし》を上げざるを得なくなるんじゃないでしょうかね」

「迂遠《うえん》だが……他に打つ手はないということか」

ファイズは不満そうに呟《つぶや》く。その方法では国が動き出すまでに時間がかかるため、適当な身代わりをたてられる恐《おそ》れもある。

身代わりの口を封《ふう》じてしまえば、それ以上捜査《そうさ》の手が伸《の》びることもない。

ジスカールも同じ考えだったようだが、丸い眼鏡《めがね》の奥の瞳《ひとみ》からは内心をうかがい知ることができなかった。

「――とまぁ、このあたりはあくまでも援護《えんご》でして」

ふいにジスカールががらりと口調を変え、ファイズに人好きのする笑みを向ける。

「偽物を流した方々については、別の筋で調査が進んでおります。事件の中心人物――偽物を作り出した方についても。あちらもこの件に関しては他人事《ひとごと》では済ませられない立場ですし、あらん限りの手を尽《つ》くして首謀者《しゅぼうしゃ》を特定してくださることでしょう」

「それは……」

途端に、ファイズの瞳に危険な色が点《とも》る。ジスカールはそんな彼に向かって、笑みを絶やすことなく言い放った。

「あなたが必要とする情報というのも、そのあたりのことじゃないんですか？　ただ、簡単に手出しできるような相手じゃないと思いますよ。騙《だま》された分の仕返しはしてやりたいという、あなたの気持ちはわかりますが……」

「……黙って見ていろと言うのか？　この俺に？」

「危険が及《およ》ぶことにもなりますし、情報提供だけに留めておいたほうがいいと思うんですけどねぇ……決定的な証拠《しょうこ》さえ得られれば、どのみち皆罰《みなばつ》を下されることになるでしょうし」

「そんなものが信用できるか！　証拠が見つからなければみすみす見逃《みのが》すだけだろうが！」

「つまり……どうしても自分の手で決着をつけたいと？」

ジスカールの口調に微妙《びみょう》な響《ひび》きが宿ったが、ファイズはそれに気づかなかった。

「当たり前だ！」

言い放った瞬間《しゅんかん》、ジスカールは口元に浮《う》かべた笑みをにまりと深める。

わけもなく不吉《ふきつ》なものを感じてファイズは口をつぐんだが、その時にはもう遅《おそ》かった。ジスカールは感じ入ったように何度もうなずきながら声を発していた。

「そうですか……そこまで言われては仕方ありませんね。こうなったら最後までつきあっていただきましょう」

「お前……まさか、最初から……」

「いえいえ、そんなつもりは毛頭ございませんよ。あくまでも、そちらの意見を尊重した結果でして……」

しれっとした顔で応《こた》えるジスカールの言葉には一片《いっぺん》の説得力もなかった。

歯噛《はが》みしてその顔を睨《にら》みつけるファイズに、ユートはやや同情めいた眼差《まなざ》しを向ける。

(だから、こいつの相手をするのは嫌なんだ……このタヌキめ)

内心で呟いた時、部屋の扉《とびら》が叩《たた》かれる音が届いた。

「なんだ!?　これ以上の客なら断って……」

苛《いら》ついた声を投げるファイズの前で、細く開いた扉から家令が遠慮《えんりょ》がちに顔を出す。

その顔に動揺《どうよう》の色が広がっていることに、ユートは一瞬遅《おく》れて気づいた。

「そ、それが……ニーザベイムの第六王子が、旦那《だんな》様との面会を望んでおられると……」

「なんだと!?」

ファイズが口にしたのと同じ驚《おどろ》きの声が、ユートの口からも放たれた。

まもなく応接室に現れたのは、まぎれもなくタジェス本人だった。

久しく見せたことのないニーザベイム風の豪奢《ごうしゃ》な衣装を身にまとい、側《そば》には髭《ひげ》をたくわえた中年の男性が控《ひか》えている。男性の身なりも派手ではないが上質なもので、洗練された身ごなしから貴族であることがわかった。

別の応接室へ通そうとする家令の制止を振り切り、ユートたちの前に姿を現したタジェスをファイズはわずかに眉を上げて見やった。

貴人を迎《むか》えるために、わざわざ席から立ち上がって、

「これは……これまでの無礼をお詫《わ》び申し上げます、と言うべきでしょうか？」

皮肉の混ざるファイズの言葉を、タジェスは顔の筋肉一つ動かすことなく受け止めた。

利に敏《さと》い商人らしく、ファイズの態度はこれまでとはうって変わって如才《じょさい》のないものだったが、ことさらに丁寧《ていねい》な口調がかえって嫌味《いやみ》を感じさせる。

値踏《ねぶ》みするような視線にも、鷹揚《おうよう》な態度を崩《くず》すことなくタジェスは笑って応じた。

「かまわないよ。身分を隠《かく》していたのは私だし……本当なら、こんな形で君に会うつもりなどなかったんだからね」

「寛大《かんだい》なお心に感謝いたします、殿下《でんか》」

ひとかけらの気持ちもこもらぬ言葉とともに頭を下げ、ファイズは鋭《するど》く光る目をタジェスに向ける。

「それで、ご用の向きは？　もしや殿下も、そこの傭兵《ようへい》を取り戻《もど》しに来られたのですか？」

「いや。私が口を出すまでもなく、とっくにけりが付いていることだろう？」

違《ちが》うかい、とタジェスはジスカールとケヴィンに目を向ける。

護衛の装束で立ったままのジスカールは口元に薄《うす》く笑みを浮かべ、口と目を大きく見開いてタジェスを見つめていたケヴィンは、はっとしたように何度も首を縦に振《ふ》る。

同時にケヴィンは椅子《いす》に座ったままであることに気づいて立ち上がりかけたが、タジェスは手を振って押し止《とど》めた。

それを見て、不審《ふしん》そうに細められていたファイズの目に理解の色が浮かんだ。

「なるほど——その男の言っていた『とある筋』とはあなたのことでしたか」

「正確には私ではなく、彼のことだがね——しかし、同じ目的のために動いているという点についても変わりない」

かたわらに立っている貴族風の男性を目で示してタジェスは言う。

男性は似合わない口髭《くちひげ》の下の顔を緩《ゆる》め、ちょっと肩《かた》をすくめるような仕草とともに挨拶《あいさつ》した。

「お初にお目にかかる、ジルエフ・モートンです」

「……モートン？」

記憶《きおく》の片隅《かたすみ》に引っかかるものを覚え、ユートは声をあげる。

男性はそれを咎《とが》める様子は見せず、むしろ好意的な笑みをのぞかせた目をユートに向けた。

その時ユートは、最初から彼が自分のほうを見て挨拶していたことに気がついた。

「あまりいい記憶として覚えてはおられないでしょうが……その節は、顔を合わせてもいないのに大変なご迷惑《めいわく》を」

「……ああっ！」

どこで耳にしたのかを思い出して、思わずユートは大声を出す。

（俺が襲撃《しゅうげき》したという濡《ぬ》れ衣《ぎぬ》を着せられて——捕《つか》まる原因になった貴族の名前か！）

この春にディエで巻き込まれた事件で耳にした名前だ。顔を合わせるのは初めてのことで、ユートは男性の姿をしげしげと見返す。

その間にタジェスは部屋の奥へと進み、立ったままのファイズの側で足を止める。

しかし彼の目はファイズではなく、彼の横に立つユートのほうへと向けられていた。視線に気づいてユートが顔を動かすのと同時に、タジェスがユートの肩に手を置いた。

「……迎えに来るのが遅くなってすまない、ユート」

彼の手に込められた力は、抱《だ》き寄せようとするのをこらえているようだった。

いつもの癖《くせ》で反射的に抵抗《ていこう》しかけてから、ユートは動きを止めてタジェスの顔を意外そうに見上げる。

やや間をおいて返した声は、ばつの悪さをごまかすように尖《とが》ったものだった。

「あんまり遅いから、自力でなんとかしようかと思ってたところだ。妙《みょう》な事件のおかげで当てもできたことだしな」

「本当にごめん。こっちも色々忙《いそが》しくてね。ケヴィンと組連が動いているのもわかっていたし
――でも、本当はずっと君を取り戻したくてじりじりしてたんだよ。何度賠償《ばいしょう》金を払《はら》ってしまおうかと思ったことか……そんなことをしたら、君やケヴィンに余計な負担をかけるだけだとわかっていてもね」

感に堪《た》えない様子で告げるタジェスから、ユートはわずかに目を逸《そ》らす。

「まぁいい。結局こうしてここに来たわけだし――そんな格好をしているあたり、単純に俺を迎えに来たわけではなさそうだが」

ああ、とタジェスは苦笑《くしょう》して自分の服装に目をやる。

ニーザベイム国内で目立つのを極力避《さ》けていた彼が、王子としての身分を明らかにして乗り込んできたことには、単にファイズを威圧《いあつ》するだけではない理由があるはずだった。

しかしそれを口にはせず、タジェスはユートに視線を戻して微笑《ほほえ》みかけた。

「君にこの姿を見せたかったこともあるけどね。こういう格好をするのは久しぶり――というか、初めて会った時以来じゃないかい？　あの時より気合いを入れて決めているけど」

似合うかい、と言うように胸を反らしてみせるタジェスに、ユートは心底呆《あき》れ果てたような目を向ける。

「阿呆《あほう》。お前がどんな格好をしていようと興味はない」

「確かにどんな格好をしていても似合うとは思うけどね。なんなら着ていなくても……ああ、

君に当てつけて言ってるわけじゃないよ？　男っぽくなくても、君の身体《からだ》つきはそれはそれで一見の価値はあるというか――」

「ふざけに来ただけならさっさと帰れ！　用があるのはこっちじゃなかったのか!?」

額に青筋を立ててユートがファイズを指し示すに至って、タジェスはようやく用向きを思い出したようだった。

いささか未練を残しながらもユートの肩から手を放し、ファイズに向き直る。

「失礼。彼に会えるのも久しぶりだったものでね、つい我を忘れてはしゃぎすぎてしまった」

「数日の間が開いただけで久しぶりですか。ずいぶん親しい間柄《あいだがら》のようで」

「もちろんだとも。彼とは一日と欠かさず顔を合わせている仲だからね――同じ屋根の下で寝《ね》起《お》きしているのだから当然だが」

皮肉混じりに探《さぐ》りを入れるファイズの言葉に余裕《よゆう》の笑《え》みを見せて応え、タジェスはユートに意味ありげな視線を向ける。

ファイズはちらりと不愉快《ふゆかい》そうな光を瞳《ひとみ》にのぞかせたが、タジェスの視線の意味に気づいて納得《なっとく》したような笑みを口元に浮かべた。

「……なるほど、ただの傭兵ではないというわけですか？　あいにく寡聞《かぶん》にして、タジェス殿下におかれましてはお名前と、どこかの国の駐在《ちゅうざい》武官を務めておられるということくらいしか存じ上げませんが……」

「それだけ知っていれば十分だよ」

タジェスは断じてそれ以上の詮索《せんさく》を封《ふう》じ、同じ口調で言葉を続けた。

「それより本題に入ろうか——ジスカール」

視線と声を向けられて、ジスカールは薄い笑みとともにうなずきを返す。

言葉はなかったが、それだけで意味は伝わったらしくタジェスは深くうなずいてファイズに視線を戻した。

「そうか、よかった。確証はなかったが——万が一偽物《にせもの》を流した側に荷担《かたん》していたとしたら、ユートをここに残しておいたことを心底後悔《こうかい》するところだった」

「——ずいぶんなご信用で」

挑発《ちょうはつ》するようなファイズの言葉に、タジェスは低く喉《のど》を鳴らして笑う。

「口先や下手な演技で簡単にごまかせるような相手だと思うかい？　彼と話をしたなら、一筋《ひとすじ》縄《なわ》じゃいかない相手だってことは身に染《し》みてわかっていると思うけど？」

仏頂面《ぶっちょうづら》で口を閉じるファイズをタジェスは愉快そうな笑みを浮《う》かべて見やる。

しかしそのあと放った声には、笑みの気配はかけらも残っていなかった。

「偽物の美術品を流しているニーザベイムの貴族たちのことについては、彼から話を聞いたと思う。彼らはどこかから入手した偽造《ぎぞう》品を、簡単には発覚しないよう他国の商人に売りつけて利益をあげていた。私がそれを知ったのは、彼らが手に入れた金で勢力を伸《の》ばそうとしていたからだ」

裏で手を回してファイズの商業権を取り消させようとしたことがきっかけとは、おくびにも出さずにタジェスは言葉を続ける。

「最初は何者かが資金提供を行っているのかと思ったが、それにしてはあまりにも利害関係が不透明《ふとうめい》で繋《つな》がりも見出《みいだ》せなかった。しかし、組連が国内で出回っている偽造品について調べているという情報が入ったのでね。もしやと思って確認《かくにん》を取ってみた」

その結果、資金を得た貴族たちのところに出入りしていた商人と、ニーザベイム国内で偽《にせ》の美術品を売った商人の顔や名前が一致《いっち》したのである。

「そこまでわかっているのなら、すぐにでも捕《と》らえればよろしいでしょうに」

タジェスの顔を見返し、ファイズは冷ややかな口調で告げる。

「偽造品の製造は重罪——そうとわかっていて売った者も罪に問われる。たいていの国ではそれが常識ですが、ニーザベイムでは異なるのですか？　それとも被害《ひがい》が他国の商人に集中しているから、動く必要はないと？」

最後の一言はあからさまな冷笑を含《ふく》んでいたが、タジェスは表情一つ変えなかった。瞳の奥にちらりと鋭い光をのぞかせただけで、淡々《たんたん》とした調子を崩《くず》さずにタジェスは言葉を返した。

「放置しておくつもりなどない。ニーザベイムでも偽造品の製造販売《はんばい》は重大な罪だ。ましてや、それを他国の商人に売りつけるなど——国の信用を損《そこ》ねることにも繋がりかねない背信行為《こうい》といえよう」

たとえすぐに発覚することがなくても、ニーザベイムで偽造品が出回っているなどという話

が広まれば、まともな商人はニーザベイムでの取り引きには慎重《しんちょう》になるに違いない。

そうなればニーザベイムでの取り引きの数は少なくなり、国内の商人も痛手を受けることになる。さらには税収も減り、巡《めぐ》り巡ってニーザベイムという国自体が大きな損害を被《こうむ》ることになるだろう。

「連中はそこまで考えが至っていないようだがな――あるいは偽造品だと見抜《みぬ》かれることなどないと高をくくっているのか。確かに、目利《めき》きの商人さえ簡単に騙《だま》すような代物《しろもの》だ。こんなに早く発覚するなどとは夢にも思っていなかっただろう」

「……僕もイルに言われなければ、偽物だなんてまったく思わなかったよ」

ぽつりとケヴィンが呟《つぶや》き、肩越《かたご》しにイルの顔を見上げる。ファイズもちらりとユートに目をやり、ユートはイルと顔を見合わせて肩をすくめた。

「……お互《たが》いに似たようなことをやっていたわけか」

「お――ユート様には及《およ》びませんが、頑張《がんば》りましたよ～！」

タジェスは二人のやりとりを微笑を含んだ眼差《まなざ》しで見やったあと、ファイズに視線を戻《もど》して言った。

「だが、今ある情報だけでは連中の罪を問う決定的な証拠《しょうこ》とはなり得ない。取り引きの記録が残っていても、自分たちも偽造品などとは知らずに売ったのだと言われてしまえばお終《しま》いだ。もしくは買った側がすり替《か》えたのだと主張するか……」

「だからこそ、簡単に言い抜《ぬ》けられないように被害の実態を明らかにしておきたいのですよ」

ジスカールが言葉を差し挟《はさ》む。

「いくら面《つら》の皮の厚い方々でも、別々の商人からの訴《うった》えをすべて『そっちがすり替えたんだ』などという主張で突《つ》っぱねることはできないでしょうからね。売りつけた偽造品の一つ一つを、どのようにして手に入れたのか矛盾《むじゅん》なく説明することも……」

「同時に、偽造品の製造に関《かか》わった中心人物を捕らえる」

タジェスがきっぱりと放った一言に、ファイズだけではなくユートとケヴィンもはっとしたような沈黙《ちんもく》を返した。

「……それはすでに判明しているので？」

鋭《するど》い響《ひび》きを含んだ声でファイズが問いかけ、タジェスは首肯《しゅこう》する。

「ああ——今の段階ではまだ疑いが濃《こ》いというだけだけどね。そうだ、イルに見てもらいたいものがあったんだ。その様子だと、ユートでもかまわないみたいだけど……」

「……私にですか？」

「俺でも、というのはどういう意味だ？」

むっとした様子で声を返すユートに、タジェスは「言葉のあやだよ」と苦笑する。

タジェスの視線を受けてモートン卿《きょう》が差し出したのは、絹の布に包《くる》まれた手のひらくらいの大きさの包みだった。

歩み寄ってきたユートとイルの目の前で、包みが開かれる。

「これは……？」

中から現れたのは、宝石をちりばめた金細工の腕輪《うでわ》だった。

ずっしりとした光沢《こうたく》はまぎれもない金無垢《きんむく》で、樹木の枝を象《かたど》った細工の見事さもさることながら、使われている宝石の質の高さが相当の値打ち物であることをうかがわせる。

薄《うす》い青から徐々《じょじょ》に色を濃くしていく宝石の中心部に嵌《は》め込まれているのは、夜明け前の空のような色合いの大粒《おおつぶ》の青玉《サファイア》だ。

しかし、それを見下ろすユートの目には、引っかかりを覚えたような不審《ふしん》げな光があった。

「――それを見てどう思う？」

低く投げられたタジェスの声に、ユートは眉《まゆ》を寄せながらもきっぱりと応《こた》えた。

「偽物だ」

その横では、イルが満足そうな表情でうんうんとうなずいている。

「これはおそらく金じゃない。宝石の輝《かがや》きも本物とは違《ちが》う――どこがどう違うとは言えないが違和感《いわかん》を感じる。あまりにもくすみがないというか……」

「光の屈折《くっせつ》率が均一すぎるんです。天然結晶《けっしょう》には不純物が含まれているのが自然ですからね。おそらく、組成からして別のものではないかと」

ファイズやケヴィンも腕輪に視線を向けたが、ユートが指摘《してき》するような違和感を感じることはできなかった。イルの指摘に至っては、もはやどう判別するものか想像さえつかない。

言葉もなく腕輪を見つめる二人をよそに、タジェスは口元の笑みを深めてうなずいた。

「……やはり、ね」

五対《つい》の視線が同時に向けられ、いち早く疑念を言葉にしたファイズの声が響く。

「やはり——とは？」

「これは私の手の者が、ある貴族の屋敷《やしき》に侵入《しんにゅう》して持ち出してきたものだ。そこは偽造品の販売にはいっさい関わっていない。本来ならば、これはそこにあるはずのないものだが——」

泥棒《どろぼう》か、と思わず眉を寄せかけたユートが考え込むような表情になって呟く。

「他国の商人から買ったものという可能性はないのか？　国内で転売されたものを手に入れたとか……」

「その人物は、たいそうな外国人嫌《ぎら》いで有名なんだ」

他国の商人からものを買うなんて考えられない、とタジェスは苦笑《くしょう》して付け加える。

「ただ、国内に流れた偽造品を買った可能性は否定しきれない——少なくとも、そう言い抜けることは可能だ。いくら彼が、偽造品を扱《あつか》った貴族たちと秘密裏《ひみつり》に接触《せっしょく》していた形跡《けいせき》があったとは言ってもね」

「それは……」

思わず言葉を呑《の》むユートの横で、ファイズが瞳《ひとみ》に鋭い輝きを浮かべて口を開く。

「そこまで調べが付いていてなお動けないので？　その貴族の屋敷に踏《ふ》み込んで徹底《てってい》的に捜索《そうさく》すれば、動かぬ証拠を押さえることもたやすいでしょう」

「あいにく、私にはそこまでの権力はなくてね」

本気か韜晦《とうかい》か判然としない表情で肩をすくめてタジェスは返す。

ファイズは露骨《ろこつ》に怪《あや》しむような表情で眉を寄せたが、タジェスは表情を変えなかった。

「そこまで強引《ごういん》な手段を採るためには名目が必要だ。その屋敷で偽造品が作られているというはっきりとした証拠を摑《つか》むか、あるいは――」

ジスカールを意味ありげに見返して、タジェスは瞳に笑《え》みを浮《う》かべる。

「そこに踏み込まざるを得ないような騒《さわ》ぎが起きるか、ね」

わずかばかり考えるような表情を浮かべたあと、タジェスの言わんとすることを察してファイズは顔をしかめた。

遅《おく》れてユートもそれに気づき、はっとしたようにタジェスを見やる。

「お前……まさか」

返事はなかったが、タジェスとジスカールの表情を見れば答えは明らかだった。ケヴィンとイルだけが戸惑《とまど》った顔を見合わせている。

しばらくの沈黙のあと、ファイズが表面上の礼儀《れいぎ》をかなぐり捨てて言葉を投げた。

「……その貴族の名は？」

タジェスは浮かべた笑みを消すことなく、一声で応えた。

「アーデン・ノルド――もと財務長官だ」

8

タジェスは息を呑むように沈黙したユートたちに向かって、それまでと少しの変わりもない落ち着いた声音《こわね》で続けた。

「ノルド卿はすでに引退して、ディエの市中から離《はな》れた別邸《べってい》で生活している。その別邸が偽造《ぎぞう》品作りの拠点《きょてん》である可能性が高い。はっきりと場所は特定できなかったが――なにしろ、やたらと広い上に警備が厳重でね。私の手の者もさっきの腕輪を持ち出すのがやっとだった」

それらしき美術品ばかり、まとめて置いてある部屋があったらしい。

部屋の近くに作業場のようなものはなく、さらに探索《たんさく》を進めようとしたところで家人に発見されそうになって脱出《だっしゅつ》した。しかし敷地《しきち》内に土と煉瓦《れんが》で作られた窯《かま》のようなものがあったことだけは確認《かくにん》してきたという。

「それだけでも十分怪しいが……そこで偽造品が作られていると断言するにはまだ弱い。自宅に窯を作ってはならないという法もないわけだしね」

苦笑して付け加えて、タジェスはユートとファイズを均等に見やる。

「必要なのは、そこで偽《にせ》の美術品が作られているという動かしがたい証拠だ。偽造品が作られている作業場もしくはそれを作る職人。それも向こうがこちらの動きを察知する前に動かなければ、すべての証拠を消される恐《おそ》れがある」

「……すぐにでも動く必要があるということか」

呟きながらも、ユートの顔にはすっきりしない表情があった。

「だが――本当にそんな手がうまくいくのか？　向こうだって警戒《けいかい》しているだろうし……あれだけ派手にやりあって、ファイズの動きが向こうに知られていないわけがないだろう？」

「警戒されているからこそ――だよ」

言葉とともに投げられたタジェスの視線を、ファイズは嫌《いや》そうに受け止める。その表情は、彼がタジェスの意図を正確に理解しているということを証明していた。

かなり手前の部分で、話が呑み込めず困惑《こんわく》した表情のままのケヴィンが声をあげる。

「……ええと、つまりどういうこと？」

イルも同様の表情だったが、タジェスは応えずにユートに視線を戻《もど》した。

「彼が偽造品の出所を追おうとしていることは向こうにも伝わっているだろう。ずいぶん派手な動きも見せたみたいだし……そんな彼がのこのこ近づいてきたら、どうすると思う？」

「どうするって……追い払《はら》うか、でなければ――」

はっと気づいたような表情でユートは声を呑みこむ。

彼の表情の変化を目ざとく見て取り、タジェスはうっすらと笑みを浮かべた。

「まして、私がこうして彼と接触している。向こうにしてみれば、彼はさぞかし煙《けむ》たい存在に思えるんじゃないだろうかね？　どの程度の情報が私に伝わっているかわからないだろうが、機会さえあれば黙《だま》らせてしまいたいと――そう思っても不思議はないんじゃないか？」

「……全部計算の上か」

苦虫を噛《か》み潰《つぶ》したような表情でファイズは呟《つぶや》く。

この悪党ども、という声にならぬ声はタジェスのみではなく、二人のやりとりを面白《おもしろ》そうに見つめているジスカールにも向けられていた。

ユートも似たような感情を浮かべた視線をタジェスに向け、タジェスは肩《かた》をすくめるような仕草でそれに応える。ユートはため息を吐《つ》くと深く首肯《しゅこう》した。

「わかった。それ以外方法がないというのなら……乗ってやる」

タジェスは少しばかり申し訳なさそうな表情を笑みにのぞかせて、「すまないね」と言葉を返した。


「……おい」

その翌日、午後もかなり回った時刻。

ファイズとともに馬車に乗り込んだユートの顔には、不機嫌《ふきげん》この上ない表情があった。

「なんで今更《いまさら》こんな格好をすることになるんだ？」

爆発《ばくはつ》寸前の怒《いか》りを漂《ただよ》わせて、ユートは低く押し殺した声を投げる。彼の顔は薄くであったが丁寧《ていねい》に化粧《けしょう》されており、身につけているのもファイズに与《あた》えられた薔薇色《ばらいろ》の騎馬《きば》服だった。長い髪《かみ》の鬘《かつら》は二つに分けて編み込まれ、騎馬服と同じ色のリボンで束ねられている。

出発する寸前になってファイズに「用意がある」と別室に放《ほう》り込まれ、そこで待ちかまえていた侍女《じじょ》たちにこの服を着せられ化粧をされたのである。文句を言う間もなくファイズに手を摑まれて馬車に乗せられ、気がついた時にはすでに出発したあとだった。

なんの説明もなく、ここまで我慢《がまん》できたことのほうが奇跡《きせき》に近い。

怒り心頭《しんとう》のユートを横目に見下ろし、ファイズは薄《うす》く笑みを浮かべて言葉を返した。

「気にするな、似合っているんだからいいだろうが」

「そういう問題じゃ——!」

「本当によくお似合いですよ～。やっぱりお——ユート様はそういう華《はな》やかな色が似合いますね。その髪型《かみがた》もお小さい頃《ころ》を思い出します」

「……本当に、どこから見ても女の子にしか見えないよ」

馬車に同乗したイルとケヴィンが口々に声を発し、ユートの怒鳴《どな》り声を断《た》ち切る。

途端《とたん》に二人に向けられた視線には殺気すら含《ふく》まれていたが、イルはもちろん顔を上気させてユートに見入っているケヴィンもそれを気にするそぶりは見せなかった。

むしろケヴィンの場合は、見とれるあまり気づいてもいないというのが本当だろう。

「……これから一戦交えようという時に、こんなふざけた格好をする必要があるのか?」

ぎりぎりと音がしそうな動作でファイズに視線を戻し、ユートは怒りのあまり抑揚《よくよう》を失った声を投げやる。

ファイズはその言葉に、浮かべていた笑みをやや鋭《するど》いものへと変えた。

「必要があるからさせたんだ。いくら俺でもこの状況《じょうきょう》で、ただ楽しむためだけにそんな格好をさせることはないぞ――多少は役得だと思っているがな」

「お前な……」

あからさまに不信を込めた目つきでユートはファイズを見やる。

彼が続きの言葉を発する前に、ようやく我に返ったケヴィンが二人の顔を恐る恐る見やって声をあげた。

「ところでさ――僕が同行する必要って本当にあるの？　どう考えても不適役としか思えないんだけど……」

「他《ほか》に都合のよい人間もいないのだから、仕方あるまい」

ファイズが顔も向けずに傲然《ごうぜん》と言葉だけを放つ。

「うちの連中は昨日の一件でほとんど負傷してしまったからな。まさかこの俺が、供もろくに連れないで歩くわけにはいくまい。お前では力不足もいいところだが――そこの男と合わせればなんとか格好くらいはつくだろう」

目で示されて、ケヴィンとお揃《そろ》いの衣服を身につけたイルが「はい？」と首を傾《かし》げる。

それを横目に見やってケヴィンはやや引きつった顔で口を開いた。

「要するに……頭数？」

「文句を言うな。なんだったら給金を払ってやろうか？」

言い合っている間に馬車はディエの市街地を囲む古い城門を抜け《ぬ》、郊外《こうがい》に広がる丘陵《きゅうりょう》地帯へ入っていった。ここまで来ると家の数も少なくなり、畑や野原が目立つ。

やがて分け入った細い道の先にあったのは、場違《ばちが》いなまでに立派な一軒《いっけん》の邸宅《ていたく》だった。返しの付いた高い鉄柵《てっさく》に囲まれた屋敷《やしき》は、城塞《じょうさい》を思わせる堅牢《けんろう》な造りだ。手の込んだ装飾《そうしょく》や壮麗《そうれい》なアーチが無骨な印象を薄めるが、それでも実用重視のどっしりとした風格が漂う。広い庭に樹木は少なく、丹念《たんねん》に手入れされた薔薇が花を咲《さ》かせている。

門衛に訪《おとな》いを告げると、頑丈《がんじょう》そうな鉄の扉《とびら》が音を立てて開かれた。

前後に付いた護衛とともに門の中に入り、やや離れた場所にある屋敷に近づいていく。背後で閉じられる鉄の扉をユートがちらりと心配そうに見やったが、口に出してはなにも言うことなく視線を前方に戻した。

玄関《げんかん》の前で停《と》められた馬車から、ユートたちは一人一人馬車を降りる。

先に降りたファイズに手を差し出され、ユートは思わず顔を強張《こわば》らせたがそ知らぬ顔でその手を取る——と見せかけてほとんど触《ふ》れずに馬車を降りた。

「芝居気《しばいけ》のない奴《やつ》だな、つまらん」

「そんなくだらん芝居に付き合う気はない」

顔を寄せてささやくファイズに低く言い返し、ユートは彼の斜《なな》め後ろに下がる。

ファイズは眉《まゆ》を上げてなにか言いかけたが、屋敷の中から現れた壮年《そうねん》の男性が彼に向かって声をかけるほうが早かった。

「ファイズ・ルベナリア様——ですね」

主《あるじ》がお待ちでございます、と一礼して歩き出す男性のあとにファイズとユートが続く。

先に馬車を降りていたケヴィンとイルも、身を縮めるようにしながらそのあとについて歩き出した。玄関の前で馬を下りた護衛たちも一緒《いっしょ》だ。

男の案内で屋敷の奥へ進み、やがて最小限の家具だけを置いた部屋に通される。

そこで男は、ファイズに付き従う護衛たちに目をやって言った。

「護衛の方々は、こちらでお待ちください」

貴族の屋敷などではさほど珍《めずら》しい場面ではなかったが、ファイズの護衛たちは一瞬《いっしゅん》ためらうように視線を交《か》わし合う。

その目がファイズに向けられるのと同時に、ファイズは薄く笑って言葉を投げた。

「心配ない。ここで待っていろ」

「しかし――！」

「クルディット、俺の命令が聞けんのか？――言われたとおりにしろ」

わずかに眉を曇《くも》らせるクルディットに背を向け、ファイズは当たり前のようにユートを伴《ともな》って奥の部屋へと足を進める。

それに気づいた男が、慌《あわ》てたような表情でファイズの背中に声をかけた。

「恐《おそ》れ入りますが――護衛の方はこれより先には……」

「こいつは俺の婚約《こんやく》者だ」

あっさりとファイズが返した声に、男のみならずユートとケヴィンも間の抜けた声をあげてしまう。

「――はぁ⁉」

三人の声はきれいに揃ったため男はそれに気づかず、ユートは慌てて口を閉じると突《つ》き刺《さ》すような眼光でケヴィンを黙らせた。ついでにすぐ後ろにいたイルの足を踏《ふ》みつけ、「いつ婚約なさったんですか？」と口にするのをかろうじて防ぐ。

一瞬の早業《はやわざ》は男はもちろんファイズの目にも留まることはなく、内心冷や汗《あせ》を掻《か》くユートを軽く抱《だ》き寄せて彼は平然たる口調で言った。

「気の強い女でな。女だてらにこんな格好をして護衛の真似事《まねごと》などをしているが――本心では俺の側《そば》を離《はな》れるのが嫌《いや》なだけなのさ。俺もこいつを側から離す気はないがな」

「はぁ、しかし……」

「いずれは妻として俺を支えていく女だ。商売について無知では始まらないのでな。商談の席には極力こいつを同席させるようにしているんだ」

よどみのない口調ですらすらと嘘《うそ》を並べ立てていくのには、ユートも内心呆《あき》れつつ感心するしかない。男は戸惑《とまど》いの混ざる目をユートに向け、ユートは仕方なしに恥《は》じ入ったように目を伏《ふ》せて小さく微笑した。

「そ、そうですか……」

朝露《あさつゆ》を置いた花のような可憐《かれん》な笑顔《えがお》に男は瞬時《しゅんじ》見とれかけ、慌てて居住まいを正すとファイズを隣室《りんしつ》へと案内する。

その目に同情めいた色が宿ったのを、ユートは伏せた目の端《はし》で確かに見て取った。

「では、こちらへ……」

男性に差し招かれて、ファイズとユートは開かれた扉をくぐる。ケヴィンはちらちらと護衛たちのほうをうかがいながらそのあとに続き、いまだに首を傾げたままのイルが最後に部屋に足を踏み入れる。

背後で扉が閉じる音を、ユートは微動《びどう》だにせず聞いた。

室内に向ける目にはかけらほどの動揺《どうよう》も漂《ただよ》ってはいなかった。さりとて笑みもなく、ただ冷静にユートは目の前の光景を瞳《ひとみ》に映す。

苦笑《くしょう》のにじむ声音《こわね》で呟《つぶや》いたのは、ファイズのほうだった。

「これはまた――わかりやすいな」

ケヴィンとイルは足を止めたきり言葉もない。

広々とした部屋の中で彼らを待ち受けていたのは、抜き身の剣《けん》を提《さ》げて立つ十数人の男たちだったのだ。

男たちがわずかに左右に分かれるように動き、その中央に枯《か》れ木のように痩《や》せた老人が姿を現した。

もとは金色だったらしい頭髪《とうはつ》は半ば白く変わり、骸骨《がいこつ》に皮を張り付けたような風貌《ふうぼう》だったが血色はいい。落ち窪んだ眼窩の底から黄褐色の瞳がぎらついた光を放っている。

「自ら乗り込んできてくれるとはな、手間が省けたわ」

軋るような声で笑う老人に、ファイズは武器を持った男たちの姿が目に入っていないような落ち着いた声音で応《こた》えた。

「これは何事ですかな、ノルド卿《きょう》。私はただご挨拶《あいさつ》にうかがっただけですが」

「ぬけぬけとよく言う」

ファイズの受け答えがおかしかったのか、老人は嘲《あざけ》りの色を込めた笑みを濃《こ》くする。

「お主があの偽物《にせもの》の出所を嗅《か》ぎ回っていることはこちらもつかんでおる。くだらん意地にとらわれたのが運の尽《つ》きだったな。下手に探《さぐ》ろうとせずに大人しく国を出て行っておれば、こちらも見逃《みのが》してやったものを……」

「はて、偽物とはなんのことでございましょう？」

薄《うす》く笑みさえ漂わせて、ファイズはそらとぼけてみせた。

「私はただ、卿が美術品に関してたいそう深い造詣《ぞうけい》をお持ちとうかがいましたので、これからお付き合いさせていただきたく面会をお願いした次第《しだい》にございますが……紹介状《しょうかい》もないというのにこのように快くお許しいただき、恐縮《きょうしゅく》の限りでございます」

深々と頭を下げるファイズを老人は笑みを消した瞳で見つめやる。

ファイズは粘《ねば》り着くようなその視線にかまわず、ゆっくりと顔を上げて言葉を続ける。

「刃《やいば》を向けられるような心当たりは我らにはないのですが、なにか勘違《かんちが》いをしておいででは？

私はただ卿にお会いしたくて参っただけですよ。まさか本当にお目通りかなうなどとは思いもよらず、手土産《てみやげ》の準備もままなりませんでしたが……」

「どこまでもとぼける気か、若造」

ノルド卿の声に苛立《いらだ》ちがにじみ、剣を持った男たちがじわりと距離《きょり》を詰《つ》める。

「こうしてここにいること自体、お主がこの件に深く関《かか》わっているという証拠《しょうこ》よ——誰《だれ》から聞いた？　あの小賢《こざか》しいタジェス王子か？　クレイルを捕《と》らえることには失敗したようだが、奴からなにを聞き出すつもりだった？」

「やれやれ、なにを話しても信じていただけないようで——」

肩《かた》をすくめたファイズの顔に冷たい笑みが浮《う》かぶ。

「なに一つ本当のことなど話していないのだから、当然と言えば当然か。偽物の美術品などで人をたばかろうとする手合いには相応《ふさわ》しいかと思ったが……さすがに茶番にも飽《あ》きてきた」

「やはり、お主……」

「俺が言いたいのはただ一つだ。美術品にはただそこに存在するだけで価値がある。その美を理解せず単なる金の塊《かたまり》としか見えないような奴には、美術品を手にする資格などない。お前のようなもののわからぬ奴に所有されている美術品が気の毒でならんよ」

「……自分だって偽物に騙《だま》されてたくせに」

居丈高《いたけだか》に言葉を投げるファイズに、思わずケヴィンは口の中で呟く。

肩越《かたご》しにその顔をじろりと睨《にら》んでファイズは声を返す。

「お前に人のことが言えるのか」

「う……」

それ以上ケヴィンの相手をしようとはせず、ファイズは前方のノルド卿に視線を戻《もど》す。

「どんな方法であの偽物を作り出したか知らんが、あれを金に換《か》えることを思いついた時点でお前には美術品を愛《め》でる資格などなくなったということだ。もとからそのようなものがあったかどうかも怪《あや》しいがな。単なる金の代用品としてしか美術品を見ることができないなどとは、ニーザベイムの貴族もずいぶんさもしいものだ」

「……言いおったな、若造」

怒気《どき》をにじませて、ノルド卿は周囲の男たちに向かって手を振《ふ》り上げてみせる。

「その無礼な口を二度ときけなくしてくれよう！　護衛と離れたのが運の尽きだったと思うがいい――」

同時に動いた男たちが、ファイズのもとへ殺到《さっとう》した。

ケヴィンが悲鳴をあげて飛び離れようとするが、それを寸前でユートの声が止める。

「――動くな、ケヴィン！」

打ち据《す》えるような声にケヴィンは反射的に足を止め、同時に剣戟《けんげき》の響《ひび》きが散った。

ユートが腰《こし》に帯びていた剣を抜《ぬ》き放ちざまに男たちの剣を打ち払《はら》ったのだ。装身具のような剣は絶妙《ぜつみょう》の軌道《きどう》で男たちの攻撃《こうげき》を逸《そ》らし、さらには彼らの足や腕《うで》に鋭《するど》い太刀《たち》傷を刻む。

可憐な少女としか見えない相手の思わぬ反撃《はんげき》に、男たちの顔に動揺の気配がのぞく。

「お前――その顔は、まさか……⁉」

男たちの一人が発した一言と、無駄《むだ》のない動きからユートは彼らが昨日の襲撃者《しゅうげき》たちであることを悟《さと》った。

「なるほど……こいつの差し金だったというわけか」

呟きながら、ユートは男たちを油断のない目つきで見つめる。

男たちも動揺したのは一瞬《いっしゅん》だった。ユートが生易しい敵ではないということを知ると、彼の背後に回り込んでファイズたちに直接攻撃を加えようとする。

「――させるか！」

ユートは素早《すばや》く反転して防ごうとするが、二手に分かれた男たちに同時に襲《おそ》いかかられては為《な》す術《すべ》がない。

焦《あせ》りのにじむユートの視線の先で、一人の男がファイズへと斬《き》りかかる。

「――っ！」

しかし、甲高《かんだか》い響きとともに刃は弾《はじ》き返された。

愕然《がくぜん》とした顔で立ちすくむ男の前には、鍔《つば》のない直刀を手にしたファイズの姿があった。

一般的《いっぱん》な長剣《ちょうけん》よりもやや短く、黒塗《くろぬ》りの柄《つか》には螺鈿《らでん》の装飾《そうしょく》が施《ほどこ》されている。腰に下げられた鞘《さや》も同様で、ユートの所持しているものに劣《おと》らず装飾品めいた趣《おもむき》を漂わせていた。

「守るべき相手に剣を抜かせるなど、護衛として失格だぞ」

笑いを含《ふく》んだ声を投げるファイズに、ユートはむっとしたように言い返す。

「俺はもうお前に雇《やと》われているわけじゃない！」

「だが、俺たちを守るのがお前の役目じゃなかったのか？　一人でも大丈夫《だいじょうぶ》などと、大見得《おおみえ》を切った割には情けないことだな」

「それはお前が自分の身ぐらい守れると言うから――！」

顔をやや赤くして喚《わめ》いてから、ユートは男たちへと視線を向ける。

肩越しに放った声は、怒《いか》りとも気まずさをごまかすともつかない響きを含んだものだった。

「だったら見てろ！」

同時にユートは身を低くして男たちの間に飛び込み、正確無比な剣筋で次々と彼らの身体《からだ》を傷つけていく。致命傷《ちめいしょう》にならないぎりぎりの傷は戦闘《せんとう》力を奪《うば》うのには十分で、瞬《また》く間に部屋は床《ゆか》に伏《ふ》して呻《うめ》く男たちの姿で溢《あふ》れた。

「な……」

その姿を、ノルド卿は目と口を開いて愕然と見やる。

流れるような動きで男たちの半数近くを一気に無力化したユートは、素早くファイズの側《そば》に駆《か》け戻って残る男たちに剣の柄や蹴《け》りを叩《たた》き込む。

気がつけばノルド卿の手勢は、彼の周辺を守るわずか数人を残すのみとなっていた。

それに気づいて顔色を変えるノルド卿を隙《すき》なく見つめたまま、ユートは声だけを背後に立つファイズに放《ほう》りやる。

「これで文句があるか？　あんな煙《けむり》さえなければ、この程度の連中など――」

言い放った時、肩を押さえてうずくまっていた男が床の剣を拾い上げて、ユートの死角から襲いかかった。

「――ユート、後ろ！」

ケヴィンの悲鳴のような声が耳に届くのと同時に、ユートは反射的に剣を振るった。

かろうじて攻撃を防ぐことには成功したものの、無理な体勢で振るったためもあって華奢《きゃしゃ》な刀身が耐《た》えきれずに折れ飛ぶ。

ユートが目を見開いた時、背後から声とともに投げられたものがあった。

「――使え！」

目の端《はし》で確認《かくにん》しざま、受け止めたのは黒塗りの鞘に収められた直刀だ。

ユートは鞘を抜き放って放り、さらに斬《き》りかかってきた男の一撃《いちげき》を受け流すと空いた胴体《どうたい》に回し蹴りを入れる。

男が昏倒《こんとう》するのを確認する間もなく、彼はノルド卿に走り寄った。

怒りと狼狽《ろうばい》で顔を引きつらせたノルド卿が、じりじりと部屋の隅《すみ》へと移動していくのが目に入ったためだ。

しかしユートの行く手に、ノルド卿の側に控《ひか》えていた男たちが立ちふさがる。

ユートは彼らを斬り伏せて通り抜けようとしたが、老人が最後まで自分の側に残しておいただけあって彼らは相当に手強《てごわ》かった。慣れない武器を使っているせいもあり、ユートは連係を組んで襲いかかってくる男たちを相手に防戦一方となる。

男たちが時間を稼《かせ》いでいる間に、ノルド卿は壁《かべ》の飾《かざ》りに見えた取っ手を引き下げ、その横に空いた穴――おそらくは抜け道に逃《に》げ込んだ。

「――くそっ！」

ユートが思わず罵声《ばせい》を洩《も》らし、長刀を握《にぎ》る手に力を込めた時だった。

入り口の扉《とびら》の向こうがにわかに騒《さわ》がしくなり、間もなく音を立てて扉が開かれる。身をすくませて扉の側に控えていた案内人の男が飛び上がった。

「ユート、無事か!?」

飛び込んできたのは、馭者《ぎょしゃ》の衣服を身につけたタジェスだ。

続いてなだれ込んできた兵士たちが、床に転がる男たちに一瞬目を丸くしたあとタジェスの命に従ってユートに加勢する。

彼らが身につけているのは近衛《このえ》兵の制服で、案内役の男が引きつった表情で彼らとタジェスとを見比べた。

「タ――タジェス殿下《でんか》!?　なぜ、近衛が動いて……！」

「ユート！」

動揺《どうよう》した男の声は、ユートを追って走り出したタジェスの背中に弾かれる。

男たちの相手を兵士にまかせて、ユートは壁の穴へと向かって駆け出したのだ。そのあとに慌《あわ》てた声をあげてイルも続く。

「お――ユート様！」

どちらの声にも応《こた》えようとせぬまま、ユートは壁の穴へと飛び込んでいく。

入ってすぐのところが階段になっていたため足を踏《ふ》み外しそうになるが、かろうじて体勢を整えて通路をひた走る。

通路には通気と採光のための小窓がいくつかあるだけで、じめついて薄暗《うすぐら》かった。

しかし通路の先を意外な俊敏《しゅんびん》さで駆け去る老人の後ろ姿ははっきりと見えた。ユートは唇《くちびる》を引き結んで、さらに速度を上げようと足に力を込め、

「――っ！」

異様な気配を頭上に感じて、とっさに身を沈《しず》めた。

屈《かが》んだ頭のすぐ後ろを風がかすめ、二つに編んでまとめられた髪《かみ》がすっぱりと断《た》たれて宙に舞《ま》う。勢い余って転倒《てんとう》しそうになるのを片手をついてこらえ、靴底《くつぞこ》で床をこすりながら身体を反転させて頭上に目をやる。

同時に、その目がこぼれんばかりに大きく見開かれた。

ユートの頭上を飛び越《こ》えて背後に着地したのは、背に翼《つばさ》を生やした純白の獅子《しし》だったのだ。

だがユートを驚《おどろ》かせたのはその異形の姿ではなく、それに見覚《い》えがあったということのほうだった。

「まさか、これは……!?」

驚愕《きょうがく》をにじませた呟《つぶや》きが消えぬ間に、獅子は床を蹴って宙高くから襲いかかってくる。

ユートは手にした長刀で獅子の喉元《のどもと》を切り払ったが、確かな手応《てごた》えがあったにもかかわらず

痛手を与《あた》えた様子はなかった。ひらりと空中で向きを変え、壁を床のように蹴って獅子は再び天井《てんじょう》近くまで飛び上がる。

隙をうかがうように見下ろす獅子を、ユートは低い姿勢で長刀を構えたまま見上げる。

逃げたノルド卿《きょう》のことが気にかかったが、一瞬でも気を逸《そ》らせば襲いかかってくるのは目に見えている。

「ユート！」

その時、通路にタジェスの声が響き渡《わた》った。

ユートの目が一瞬そちらに向けられた隙を逃《のが》さず、獅子は声にならぬ咆哮《ほうこう》を上げて天井からユートへと襲いかかった。ほとんど真上から墜落《ついらく》するような勢いで飛びかかってくる獅子を、迎《むか》え撃《う》とうとはせずにユートは前方に転がる。

一転して起き上がった目には、しかし先程《さきほど》までの追い詰《つ》められたような光はなかった。

彼の目には、タジェスの後ろから駆け込んでくるイルの姿も映っていたのだ。

「——来い、〈イリュウス〉！」

その声と同時に、宙に差しのばした左手の中に光が集まる。

同時に瞳《ひとみ》の奥に笑《え》みをたたえたイルの姿が消え、ユートの手の中に澄《す》んだ水のような無色の刀身を持つ一振《ひとふ》りの長剣が現れる。

美しい装飾を施された銀の柄に嵌《は》め込まれているのは、大きな青紫色《あおむらさきいろ》の宝玉一つ。

ユートは長刀を床に置くと〈イリュウス〉を素早く右手に持ち替《か》え、ほとんど同時に喉笛《のどぶえ》を食い破らんと飛びかかってくる獅子の顔面に斬りつける。

先程と同じような手応えがあったが、その効果は絶大だった。

獅子は断ち割られた額を庇《かば》うようにして飛び退《の》き、鋭《するど》い眼光をユートの手元へ向ける。

精霊剣《せいれいけん》〈イリュウス〉――水の精霊《せいれい》の力を宿したフォーレに伝わる伝説の宝剣。普段《ふだん》は人の姿を借りてユートに仕えるその剣は、この世ならぬ法則に支配される怪物《かいぶつ》さえ消滅《しょうめつ》させる力を持っている。

じわりと後退する様子を獅子は見せたが、ユートはそれを許さなかった。

「逃がすか――！」

床を蹴ってユートは獅子に飛びかかり、手にした剣を顎先《あごさき》めがけて突《つ》き出す。

獅子の頭部を貫通《かんつう》した剣を振《ふ》り下ろすと、胴体がほとんど真っ二つに分かれる。しかし血の一滴《いってき》も出ることはなく、薄《うす》れて消えた獅子の身体は中心から二枚に切り裂《さ》かれた真っ白な紙に変わってひらりと舞い落ちた。

それを見たタジェスもなにか思い当たったように眉《まゆ》を曇《くも》らせる。

「あれは……」

「いいから追うぞ！　今ならまだ追いつける――！」

タジェスの脳裏《のうり》をよぎったものの想像はついたが、ユートはかまうことなく言い捨てて走り出す。我に返ったようにそのあとに続くタジェスの後ろに、驚愕の表情を浮《う》かべたファイズとケヴィンの姿が一瞬《いっしゅん》ちらりと見えたような気もした。

しかしそれ以上ふり返ることなくユートは通路を走り抜《ぬ》け、開かれたままの出口から外へと飛び出す。

通路の中の薄暗さに慣れた目が、外の明るさに耐えきれず一瞬眩《くら》む。

腕《うで》を上げて日差しを遮《さえぎ》り、何度もまばたきしながらユートは素早《すばや》く周囲を見回す。その目に探していたものの姿が映ったのは、光に目が慣れてくるのとほとんど同時だった。

「……っ！」

地面に倒《たお》れ伏しているノルド卿のもとへ、ユートは慌てて駆け寄る。

首筋に指を当てて気を失っているだけだとわかり、安堵《あんど》の息を吐《は》いてからユートは瞳に険しい光を浮かべる。

「……しかし、なぜ……？」

逃げたノルド卿がなぜここで気絶していたのか——誰《だれ》が、それをやったのか。

なにより、先程のあの獅子は……

唇を引き結んで考え込むユートの側にタジェスが来るのがわかったが、ユートは顔を上げることもしなかった。タジェスもまた声をかけようとはせず、他《ほか》の者たちがその場に駆《か》けつけるまで重い沈黙《ちんもく》が二人の間を繋《つな》いでいた。

9

気絶したノルド卿の身柄《みがら》は、駆けつけてきた近衛兵たちの手に引き渡された。

突入《とつにゅう》と同時に行われた邸内《ていない》の徹底捜索《てっていそうさく》で、偽《にせ》の美術品を作っていたと覚しき作業部屋が発見されたのだ。作りかけや失敗作らしき陶器《とうき》や装飾品《そうしょく》が無造作に転がる部屋は、大量の美術品を収蔵した部屋の隠《かく》し階段の下にあった。

ただ、偽物《にせもの》を作っていた職人の姿はどこにも見受けられなかった。

屋敷《やしき》の中へと戻《もど》ったタジェスが受けた報告では、まだ若い少年のような職人がそこに出入りしていたことは間違《まちが》いなかった。二ヶ月ほど前、連れだという黒髪《くろかみ》の男性とともに屋敷に姿を現し、ノルド卿の庇護《ひご》のもと黙々《もくもく》と作業に励《はげ》んでいたのだという。

使用人の話によると連れは貴族めいた雰囲気《ふんいき》の三十代半ばの男性だったが、彼の姿もすでに邸内から消えていた。二人とも明らかに他国の人間で、外国人嫌《ぎら》いのノルド卿がすんなり受け入れたのを使用人たちも不審《ふしん》に感じていたためよく覚えていたようだった。

(三十代半ばの黒髪の男……貴族めいた雰囲気。ユートに襲《おそ》いかかってきたあの獅子といい、もしや……)

報告を終えて再び邸内の捜索《そうさく》に戻っていく兵士を見送るタジェスの後ろでは、ともに屋敷の中へ移動してきたユートにファイズが声をかけていた。

「人の貸したものを捨てていくとは、いい度胸だな？」

ファイズが手にしているのは、ユートが通路に置いてきた長刀だ。

「捨ててきたんじゃない、置いてきたんだ！　そんな高そうなものを投げ捨てるわけにもいかなかったから、置く時はずいぶん気を遣《つか》ったんだぞ！」

「当たり前だ。滅多《めった》に手に入らない東方産の希少な刀だぞ——お前がさっき折った剣も、それなりの値はするがな」

「そんな貴重なものなら、持ち歩いたりせず大事にしまっておけ！」

ユートの怒声《どせい》を取り合おうともせず、ファイズは短くなったユートの髪に指をからめてやや残念そうに「髪まで……せっかく似合っていたというのに」と呟く。

わずかに顔を引きつらせてユートは彼の手を振り払《はら》い、鬘《かつら》を留めているピンを引き抜くとむしり取るようにして外した鬘をファイズに向かって投げつける。ファイズは投げられた鬘を余《よ》裕《ゆう》で受け止め、薄い笑みを浮かべて口を開いた。

「しかし、さっきのはいったいなんだったんだ？　お前の手に突然《とつぜん》現れたあの剣——そいつの姿が消えたこととなにか関係があるのか？」

視線で示した先には、ファイズたちが到着《とうちゃく》する前に人の姿に戻ったイルが立っている。

「な、なんのことだ？　立ったまま寝《ね》ぼけて夢でも見たんじゃないのか？」

「夢だとしたら、どうやってお前はあの怪物を倒したんだろうな？　俺が貸してやった剣を手放して——」

ファイズはユートに顔を寄せてささやき、内心でだらだらと脂汗《あぶらあせ》を流しながらユートが目を背《そむ》けたところで、タジェスが冷ややかな口調で割り込んだ。

「しつこい男は嫌《きら》われるよ？　君も男なら、多少の疑問は呑《の》みこんでやるくらいの懐《ふところ》の深さを見せたらどうだい――美人に秘密は付きものというだろう？」

「だ……っ！」

ほっと表情を緩《ゆる》めかけたユートの顔が、最後の一言で真っ赤になる。

しかしユートが言い返すより早く、ファイズが視線をちらりとタジェスに向けて皮肉っぽい声を放った。

「あれほどの力を目にしては、興味を持って当たり前だろう。それにしても、ずいぶん突入が遅《おそ》かったじゃないか。なにをのんびりやっていたんだ？　時間稼《かせ》ぎのネタも尽《つ》きて、あの爺《じじい》を危《あや》うく取り逃《に》がすところだったぞ」

「脱出《だっしゅつ》するのに多少時間がかかってね」

うわべだけの丁重《ていちょう》さをかなぐり捨てたファイズの物言いを、タジェスは咎《とが》めようとはせずに馭者《ぎょしゃ》の衣装に包まれた肩《かた》をすくめる。この格好の間は王子として扱《あつか》わなくていいと言ったのはタジェスで、ファイズも遠慮《えんりょ》するそぶりはまるで見せなかった。

彼は馭者に変装してファイズの馬車を操《あやつ》り、屋敷の中に入り込むことに成功したのだ。

しかし屋敷の者の案内で馬車を移動させたところで、武装した男たちに襲われた。

馭者も含《ふく》めて一人も生かして返す気はなかったのだろう。ただの馭者であればあえなく命を落としていたところだったが、この事態も想定に入れていたタジェスは馭者台に隠しておいた剣《けん》で反撃《はんげき》し、彼らを打ち倒して正門へと向かった。

そこで門衛を脅《おど》して扉《とびら》を開けさせ、すでに近くで待機していた兵士たちを邸内に招き入れたのである。

「遅くなりすぎなかっただけでもよかったと思ってくれ。私としても君はともかく、ユートを危険な目に遭《あ》わせるのは本意ではなかったのでね。ああ、そうそう――君の護衛たちも無事だったよ。隣《となり》の部屋で武器を持った連中に囲まれていたんだが、私たちが踏《ふ》み込むのに合わせて反撃してくれてね。おかげで楽に制圧できた」

タジェスの言葉にファイズはふんと鼻を鳴らす。それくらいできて当然だと言わんばかりの態度だった。

それ以上ファイズをかまおうとはせず、タジェスはユートに向き直って微笑した。

「今回も君には本当に助けられたね、ユート。君がいなければこの作戦自体なりたたなかったし……それ以前に、偽物の存在が明るみに出るまで相当の時間がかかっていただろう。なんと言って感謝すればいいか……」

「……別に、お前のためを思ってやったことじゃない」

頭を掻《か》く手を止めて、ユートは少し照れたようにぶっきらぼうに言った。

「偽物に気づいたのはイルのほうが先だったみたいだし……協力したのだって、行きがかり上放《ほう》っておくわけにいかなかっただけだ。いくら賠償《ばいしょう》金は払わなくていいと言われたからって、そいつの受けた損害を取り戻さないことには寝覚《ねざ》めが悪いだろうが」

「ジスカールさんにも頼《たの》まれてしまいましたしね」

悪気のない口調でイルが投げ入れた言葉に、ユートは渋面《じゅうめん》を見せる。

(あいつにだけは借りを作りたくなかったのに……いや、仕方ない。これで少しは返せたことになるのを祈《いの》るばかりだ)

内心で呻《うめ》くユートをファイズは口元に笑《え》みを浮かべて見やった。

「……なるほど、つまり俺のために協力したということか?」

「誰がだっ!? そんなことを言ったつもりは……!」

「俺の損害を取り戻さないと気分が悪いのだろう? 少し意外だったがな。お前には嫌われているとばかり思っていたから……だが、気分は悪くない」

「なにを勘違《かんちが》いしてるんだ!? 俺はただ賠償金の件でいっさい後ろ暗い思いをしたくなかっただけだ! ケヴィンが胸を張ってこの国を出て行けるようにな!」

「え……じゃあ、僕のため?」

嬉《うれ》しげに頬《ほお》を緩ませるケヴィンに、ユートはしまったと言いたげな顔になる。

「いや、それは……」

「ユート、本当に君って……そうでなくても、今回は君に迷惑《めいわく》ばっかりかけているのに……」

目を潤《うる》ませてユートに抱《だ》きつこうとするケヴィンを、寸前でタジェスが首根っこを引っ摑んで止める。

「今回は、じゃなくて今回も、だろう？　君の場合」

苦笑《くしょう》と嫌味《いやみ》を半々に混ぜたタジェスの声に、ケヴィンは出しかかった文句を引っ込める。

うなだれたケヴィンの襟首《えりくび》から手を放し、礼を言うべきかどうか迷っている様子のユートにタジェスは笑顔を向けた。

「誰《だれ》のためであろうと、君がこの場にいてくれたことに変わりはない。君の義理堅《ぎりがた》さと友愛の精神に感謝するよ——できれば、私のためであってほしかったけどね」

しっかりと一言付け加えるタジェスにユートはうんざりしたような目を向け、肩をすくめて視線を外す。

だからどうしてお前は、という呟《つぶや》きは小さすぎてタジェスの耳には届かなかった。

反応の薄《うす》さに少しばかり残念そうな表情をのぞかせてから、タジェスは口元に笑みを留《とど》めたまま開け放たれた部屋の扉に目をやる。

それは瞳《ひとみ》の奥に点《とも》った、厳しい光をユートの目から隠《かく》すかのような動作だった。


その後の調査でノルド卿《きょう》の屋敷からは多数の偽造《ぎぞう》美術品と、それを製造した日付を記入した帳簿《ちょうぼ》が発見された。

また地下にあった牢獄《ろうごく》のような小部屋からは、ファイズの手から逃げのびたクレイルが閉じこめられているのが見つかった。彼は当初、偽造品を他国の商人に売りつけるための仲介《ちゅうかい》役として貴族たちに雇《やと》われていたのだが、偽造品の供給元に興味を持ってノルド卿に近づいていったらしい。

ノルド卿も目端が利《き》く彼を便利な連絡役《れんらくやく》として使っていたが、いざとなれば偽物作りの首謀《しゅぼう》者《しゃ》として身代わりに利用するつもりでもあった。

家族の命を盾《たて》に取られてはクレイルも逆らうことができず、ことが明るみに出た際には捜査《そうさ》の目を一身に引きつけた上で自殺させられる予定だった。家族の保護を条件に彼がすべてを告白したことで、ノルド卿と偽物を売却《ばいきゃく》した貴族たちとの繋《つな》がりも明らかとなった。

同時にジスカールが進めていた調査によって、どのような偽物が誰《だれ》の手によって売却されていたのかも判明していた。ファイズの紹介《しょうかい》を受けて、ディエの市内に留まる他国の商人たちを相手に綿密な聞き取り調査を行っていたのだ。

「多数の被害者《ひがいしゃ》からの訴《うった》えと、偽造品の入手経路の解明……これだけあれば連中を罪に問うには十分すぎるくらいでしょう。いまだに見苦しくあがいているみたいですがね。自分たちは騙《だま》されただけだとか、偽造品だなどとは知らなかったとか」

まとめられた報告書を片手に、モートン卿は口髭《くちひげ》を手で捻《ひね》りながら笑う。

すでにノルド卿の屋敷《やしき》に乗り込んでから五日が過ぎ、タジェスやユート、イルはモートン卿の屋敷で世話になっていた。タジェスが偽造品の調査を行っていることはすでに公《おおやけ》となっているため、身を隠す必要もない。

「ノルド卿が無償《むしょう》であの偽造品を彼らに提供したことは判明している……偽物《にせもの》だから、他国の商人に売り払うようにと指示したことも。製造した罪に比べれば軽いとはいえ、相当の罰金《ばっきん》と地位の剥奪《はくだつ》は免《まぬが》れないでしょうな。なにしろ下手をすれば国の信用を損ねる事態にまで陥《おちい》っていたのですから——連中はそこ《そこ》まで考えてはいなかったようですが」

「その程度の認識《にんしき》しかできない人間が、これまで商取引を管轄《かんかつ》する重要な役職についていたのだと思うとぞっとするな」

冗談《じょうだん》めかした口調ながらも、タジェスの目に宿る表情は苦い。

「まったく同感です。ノルド卿も大差ありませんでしたがね——我が国で好き勝手に商売する他国の商人たちに大損をさせてやりたくて、資金を必要としていた貴族たちに偽物の美術品を提供したなどとは……あれだけの出来だから、偽造品と見破られる心配などないと思っていたようですが」

「……その偽造品だが」

タジェスが重たげな口調でモートン卿に問いかける。

「作っていた人間についてはなにか聞き出せたのか？　どこで見つけてきたのか——あるいは誰かからの紹介だとか」

「いえ……どうも、そのあたりは証言があやふやで」

タジェスの口調が伝染《でんせん》したかのように、モートン卿の表情も陰《かげ》った。

「街で拾ってきたとか、向こうから売り込みに来たとか、言っていることが二転三転しているんですよ。捜査を攪乱《かくらん》するためにやっているのかとも思ったんですが、本人も混乱しているみたいで……」

しかも奇妙《きみよう》なことに、ノルド卿の邸内《ていない》にあった窯《かま》には使用された痕跡《こんせき》がなかった。

側《そば》に立って二人の話を聞いていたユートの目が、すっと細められる。

タジェスの顔に浮《う》かんだのもなにか案じるような表情で、二人は一瞬《いっしゅん》互《たが》いに目を見交《みか》わして同じ懸念《けねん》がそこにあることを知った。

(やはり、あの獅子《しし》は——)

ユートが胸の中で呟きかけた時、部屋の扉が控《ひか》えめな音を立てて叩《たた》かれた。

モートン卿がタジェスに目礼して扉に歩み寄り、答えを返すのと同時に扉が開かれる。扉の向こうに立っていたのはお仕着せを身につけた若い男性だ。

彼が耳元で告げた名前に、モートン卿はわずかに目を見はってユートをふり返った。

「……今回の一件では世話になったな」

別室でユートを待っていたのはファイズで、彼はユートの顔を見るなり少しも世話になったなどとは思っていないような傲然《ごうぜん》たる口調で告げた。

ユートに続いて部屋に入ったタジェスは、わずかばかり眉《まゆ》を上げて彼を見返す。

イルは特別警戒《けいかい》する様子もなく「どの一件です?」と首を傾《かし》げていたが、ユートはそれにはかまわずファイズに歩み寄って言った。

「なんの用だ？　偽物に支払《しはら》った金は、全部取り戻《もど》したんじゃなかったのか？」

声の奥底に潜《ひそ》む警戒心《けいかいしん》に、ファイズはわずかに苦みを帯びた笑みを閃《ひらめ》かせる。

「用がないなら来るなと言いたげだな。そもそも、金を取り返すこと自体は目的ではなかったのだが——俺に偽造品を売った連中に一泡吹《ひとあわふ》かせることさえできればな。まぁ、地位を失った上偽造品の代金をいっせいに請求《せいきゅう》されて、今頃《いまごろ》は支払いで汲々《きゅうきゅう》としていることだろう」

くくっと愉快《ゆかい》そうな笑い声をあげるファイズに、ユートは警戒心こそわずかに減ったものの友好的とは言いがたい視線を向ける。

その原因の半分は「金を取り戻したかったわけではない」という発言にあったのだが、ファイズはどう誤解したのか妙《みょう》に慌《あわ》てたような顔で笑みをおさめた。

「それはいいとして——今日来たのは、出発の前にお前に会っておきたかったからだ」

「……出発？」

「ああ。本当なら、しばらくディエに留まって商売をする予定だったが——」

言いながら、ファイズはちらりとユートの後ろに立つタジェスに視線を走らせる。

「偽造品の一件を暴《あば》いたおかげで、ニーザベイムの貴族の一派に敵視されてしまったようなのでな。せっかく人脈を築きかけたところだったのに……取り引きを断られるどころか、このままでは身の安全も保証されそうにない。これまでの投資が無駄《むだ》になってしまうが、早々にここを離《はな》れることにしたんだ」

「あ……」

ユートの顔に納得《なっとく》の色が浮かぶ。ファイズが出入りしていたのは第二王子派に属する貴族の屋敷が中心である。経緯《けいい》はともあれ、結果的にはタジェスと協力してノルド卿らの悪事を暴くことになった彼と、取り引きを続けることは考えられなかった。

「まぁ、少しも後悔《こうかい》などしていないが……この俺をコケにした連中を野放しにしておくくらいなら、多少の損害などどうでもいい。あんな連中と繋がりを持つ人間相手に商売をしたいとも思わん。それなりに価値のある品を仕入れることもできたし、面倒《めんどう》なことに巻き込まれる前にさっさと退散するさ」

ことなげに言い放って、ファイズはふと部屋を見回すような仕草をした。

「……ところで、あのへっぽこ商人はどうした？　姿が見えんようだが」

「ケヴィンなら組連のほうに行ってる。いつまでも自分の商隊を放《ほう》り出しておくわけにもいかないからな」

へっぽこ商人呼ばわりに眉をひそめながらも、訂正《ていせい》することはせずユートは応える。

ディエに来てからこっち、偽造品の一件で奔走《ほんそう》していたためすっかり本業がおろそかになっていたケヴィンである。荷の売却などは随行《ずいこう》員たちにまかせてあるものの、商隊を預かる責任を持つ身として顔を出さずにいるのもさすがに限界だった。

今はリムナンデで仕入れ損ねた陶器《とうき》の代わりになる品を探して、ディエの街中を走り回っているはずだ。

「そうか……まぁいい。別にあいつの顔など見に来たわけではないのだしな」

肩《かた》をすくめるファイズにユートは不審《ふしん》そうな目を向ける。ファイズはその顔に目をやると、ふっと目元を和《なご》めて声を放った。

「ディエを発《た》つ前に、お前の顔を見ておきたかったのと──もう一度だけ聞こうと思ってな。俺のもとに来る気はないか？」

「なにを──！」

「今度は女装などしなくてもいい。どんな格好をしていようと、お前の美しさは少しも変わらない──むしろ、余計な飾《かざ》りがないほうがいっそう引き立って見える。俺ともあろうものが最初からそれに気づけなかったとはな……」

自嘲《じちょう》気味に呟《つぶや》いて、ファイズは眉を吊《つ》り上げたユートの頰《ほお》に触《ふ》れる。

「お前を手に入れるためなら、どれだけの財をなげうったとしても惜《お》しくはない。姿だけではなく、あの屋敷で見せた力も──」

熱っぽく告げる瞳《ひとみ》の奥底には冷静な光が瞬《また》いており、ユートは反射的に払《はら》いのけようとした手を止める。

「……お前の言う力がなんのことかは知らんが、俺が持てる限りの力を捧《ささ》げようと決めている相手はお前じゃない。どれだけ金を積まれようと、その気持ちが変わることはない」

「………」

「たとえ、それがなかったとしても俺はお前を信用する気にはなれない。信じられない相手のために力を尽《つ》くそうという気にはなれない。人の心を動かすのは心だけだ──金で強引《ごういん》に人の自由を奪《うば》おうとする人間のことを信用する人間はいない」

揺《ゆ》るぎのない眼差《まなざ》しで告げて、ユートはゆっくりとファイズの前から一歩退《ひ》く。

頬に触れていた手が外れ、ファイズはなにか言おうとするように口を開きかけたものの結局なにも言わず、口元を歪《ゆが》めて小さくため息を吐《つ》いた。

「……そうか」

その声は少し寂《さび》しげにも響《ひび》いた。

思いの外あっさりと退いたファイズに不審そうな表情をのぞかせるユートの前で、ファイズはタジェスに向き直って口を開いた。

「殿下《でんか》におかれましてはお力添《ちからぞ》えをいただき感謝しております。おかげさまで偽造《ぎぞう》品に支払った分の損失だけは取り戻すことができました」

それまで無視していたのが嘘《うそ》のように非の打ち所のない態度で告げる言葉の中身は、たっぷりと皮肉をまぶしたものだった。

しかしタジェスは表情一つ変えず、彼にうなずきを返した。

「貴殿《きでん》の協力にも感謝する。おかげでタチの悪い犯罪に手を染めるような連中を野放しにせずに済んだ。それもこれも貴殿があんな偽造品に引っかかって、あまつさえそれをユートを手に入れる罠《わな》に用いようなどと考えてくれたおかげだな。危険を承知で囮《おとり》役を買って出てくれたことといい、礼を言う」

「殿下が身体《からだ》を張って犯罪を暴こうとしているのに、協力しないわけには参りません。決して煽《あお》られたなどとは思っておりませんからご安心を。ただ——願わくば二度とこのようなことがないよう、しっかり目を光らせていてもらいたいものですな。此度《こたび》は殿下のお頼《たの》みゆえ内々に収めましたが、何度も同じことが起こるようでは、ニーザベイムの商人や貴族の方々との取り引きには慎重《しんちょう》になるよう同業者に忠告せざるを得ません」

「もちろんだとも。ニーザベイムの信用に関《かか》わる大問題だ。それにこれからは一般《いっぱん》の商取引に関しても、不正がまかり通ることのないよう厳重に監視《かんし》するそうだ。これまでは多少のことは金で目こぼしされることが多かったようだが——それを利用して強引な商売をする者があとを絶たないそうだからな」

言葉を切って、タジェスはファイズに意味ありげな笑《え》みを向ける。

「ニーザベイムを離れる貴殿には関係のないことかもしれないが、次にまた訪《おとず》れる時には気をつけたほうが良いだろう。さすがに堂々と規制違反《いはん》を犯《おか》されたのでは、黙《だま》って見逃《みのが》すわけにもいかないだろうし」

無言でタジェスの顔を見返したのち、ファイズは軽く肩をすくめて笑った。

「ご忠告に感謝いたします……が、どのみち当分ニーザベイムに近づくつもりはございませんよ。例の工房《こうぼう》との独占契約《どくせんけいやく》も取り消さざるを得ないでしょうな——ああ、どうか今の話は聞かなかったことに」

白々しく付け加えてから、ファイズはユートに目をやった。

毒と皮肉を含《ふく》んだ二人の言葉の応酬《おうしゅう》をやや退き気味に見守っていたユートは、その視線に思わず身じろぎする。

「な、なんだ……？」

「忘れるところだった」

ユートの問いかけに一言だけ返し、ファイズは背後に従う中年の男に目配せを送る。

男が携《たずさ》えていたのは縦長の木の箱で、彼はユートの前に歩み出ると近くにあった小卓《しょうたく》の上に木箱を静かに置く。

箱の中から取り出されたものを見て、ユートの目が丸く見開かれた。

「それは……！」

柔《やわ》らかい紙で厳重に梱包《こんぽう》されていたのは、ケヴィンの目の前でファイズが強引に買い上げていった虹色《にじいろ》の光沢《こうたく》を放つ陶器の水差しだ。

ユートの顔に広がった驚《おどろ》きを見て、ファイズは満足そうな笑みを口元に浮《う》かべた。

「あのへっぽこ商人への給金代わりだ。本人がいないのでは仕方ないからな、お前が預かってあとで渡《わた》してやるといい」

「給金……？」

首を捻《ひね》りかけて、ユートはそんなやりとりがあったことを思い出す。

「あんな奴《やつ》にくれてやるには惜しいが、報酬《ほうしゅう》を出し渋《しぶ》るつもりはない――お前の分も用意してきているぞ」

ファイズの視線を受けて、男が肩に下げた鞄《かばん》から重そうな革袋《かわぶくろ》を取り出す。

差し出されたそれを反射的に受け取りかけ、ユートははっとした表情になって慌てて両手を引っ込めた。

「な……そんなものいらん！　報酬など受け取る気はないと言っただろうが！」

「この金は、お前が俺のもとで働いていた間の給金だ。働いて得た正当な金なら受け取ってもかまわんだろう？」

革袋はずっしりと膨《ふく》らんでおり、中でかすかに聞こえた金属の触れあう重厚《じゅうこう》な響きからして詰《つ》まっているのは金貨に違《ちが》いなかった。

ユートの目に葛藤《かっとう》の色が浮かんだが、彼はファイズを見返してきっぱりと言った。

「俺はお前から、どんな形でも金品を受け取るつもりはない。これが俺の給金だと言うなら、壊《こわ》した剣《けん》と鬘《かつら》の代金にでも充《あ》ててくれ」

真正面から断られて、ファイズは目の奥にちらりと不快そうな表情をのぞかせる。

「補償《ほしょう》なら不要だと言ったはずだぞ？」

「お前に借りを作ったままにしておくようで、俺の気が済まん！　それに……ある意味謝礼はもらったとも言えるしな」

小さく付け加えた一言に、ファイズが訝《いぶか》しげに眉《まゆ》をひそめる。

彼が問いの声を発するより早く、ユートは肩をそびやかせて顔を背《そむ》けた。

「とにかく、その金を受け取ることはできん！　もともと俺は、納得してお前のもとで働いていたわけじゃない。ケヴィンを助けるために仕方なく留《とど》まっていただけで――仕事をしているつもりもなかったのに金なんて受け取れるわけがないだろう！」

「……とことん頑固《がんこ》だな、お前も」

一歩も譲《ゆず》らぬ構えのユートを、ファイズは呆《あき》れたような表情で見下ろした。

ユートはつんと顔を背けたまま動かず、仕方ないと言いたげにファイズは戸惑《とまど》った顔の男に目をやって革袋をしまわせる。

再びユートに戻《もど》した目には、少しの苦笑《くしょう》を含んだ笑みがのぞいていた。

「ただ言っておくが、あの剣の代金はこれくらいでは足りんぞ？　不足分はまた働いて返してくれるのか？」

「……っ！　そんなに高いのか……っ!?」

「冗談《じょうだん》だ。仮に不足だったとしても、補償の必要はないと言っているのに請求《せいきゅう》するわけがなかろう。この金は、いずれお前が受け取る気になるまで預かっておくだけだ」

いつでも好きな時に取りに来い、とファイズは楽しげに笑ってユートに告げる。

「とりあえずはレイザムの本邸《ほんてい》に戻るつもりだが、俺がいなくても家人に話は通しておくから安心しろ。その時は、俺との契約《けいやく》のことも考えておいてもらえるとありがたいが」

「絶対に行くもんか！　お前に雇《やと》われる気も毛頭ない!!」

ユートの怒鳴《どな》り声を聞き流し、ファイズは室内に居並ぶタジェスたちに向かって優雅《ゆうが》に一礼すると扉《とびら》に足を向ける。

扉の前で立ち止まると、彼は肩越《かたご》しにふり返ってユートに声を投げた。

「気が変わるのを待っているぞ、ユート」

「——なにがあろうとも気など変わらんっ!! さっさとレイザムでもどこでも帰れ!!」

部屋全体が震《ふる》えるような大声にもファイズは笑みを返しただけで、中年の男を伴《ともな》って扉の向こうへと姿を消す。

突《つ》き刺《さ》さるようなユートの視線は、閉じた扉によって遮《さえぎ》られた。


固く閉じられた扉の奥に、その人物の姿はあった。

燦々《さんさん》と降り注ぐ夏の日差しも、カーテンを閉めた室内までは届かない。強い光がカーテンに織り込まれた緻密《ちみつ》な紋様《もんよう》を色鮮《いろあざ》やかに浮かび上がらせるばかりだ。

石の壁《かべ》が外気を遮断《しゃだん》し、室内にはひんやりとした空気が漂《ただよ》っている。

「……つまらぬ騒《さわ》ぎを起こしてくれたものだな」

投げられた声に、彼は口元に笑みをのぞかせたまま深々と頭を下げる。

「申し訳ございません。よもや、あの偽物《にせもの》をたやすく見破る者がいようとは思いもよりませんでしたもので……なにかの形で発覚するとしても、数ヶ月は先のこととばかり。その時は犯人を仕立て上げれば済むと思っていたのですが、少々計算が甘かったようでございます」

「そのよく回る口で、ノルド卿《きょう》をそそのかしたのか」

しわがれた声にはひそやかな笑いの気配が含まれていたが、ひとかけらの好意も感じさせない冷たいものだった。

彼はゆっくりと顔を上げ、真正面に座る人物を見返す。

カーテンを閉め切った室内は大半が薄暗《うすぐら》い影《かげ》に占《し》められ、カーテンを透《す》かして差し込む光が相手の足元を染め上げるばかりだ。

手の込んだ刺繍《ししゅう》を施《ほどこ》した室内履《ば》きを視界の隅《すみ》に留めたまま、彼は口を開く。

「そのかしたなどとはとんでもない……私はただ、技術の提供を卿に申し入れただけです。使い方を決めたのは卿自身。確かに多少助言はさせていただきましたが、私などの意見に左右される方ではありますまい」

「……だが、お前の言う『技術』とやらがなければ、あのような騒ぎが起こることもなかっただろう」

低い声からは、どんな感情も感じ取ることができなかった。

「お前のおかげで、我が派閥《はばつ》は大きく力を削《そ》がれることとなった。表沙汰《おもてざた》にならなかったとはいえ、何人もの貴族が失脚《しっきゃく》したのだからな……その責任をどう取るつもりだ？」

「私の首を取ってお気が済むのでしたら、喜んでこの首を差し上げますが」

恫喝《どうかつ》めいた言葉にいささかも怯《ひる》む気配を見せず、浮かべた笑みをさらに深くして彼は薄闇《うすやみ》の中の人影に言葉を返す。

「ですが、私の首にそこまでの価値はございませんでしょう？　どちらかといえば、この首は繋《つな》がっていたほうが閣下のお役に立てるかと存じます。閣下もそう思ったからこそ、こうして直《じか》にお会いすることを許していただけたのでは？」

応答はなかったが、彼は我が意を得たりというように笑顔《えがお》で言葉を続ける。

「ただ精巧《せいこう》な偽造《ぎぞう》品を作るばかりが、私たちの持つ『技術』ではございません。それはほんの小手調べ……この国での後援《こうえん》者を得るために、わかりやすい例として示しただけのものに過ぎませぬ。ノルド卿はそれを唯一《ゆいいつ》のものと信じ込んでしまったようですが……」

「ぬけぬけとよく言ったものだ。信じ込ませたのはお前だろう？」

「まさか。ただお伝えする間がなかっただけですよ――その前に、ノルド卿が偽造品を使った策を考えられてしまったものですから」

わずかな沈黙《ちんもく》のあと、低い笑い声が部屋の空気を震わせる。

袋《ふくろ》から空気が漏《も》れるようなごく短い笑い声は、すぐに冷ややかさを増した声に取って代わられた。

「いい度胸だ――まだ名を聞いていなかったな」

彼の口元が先程《さきほど》までとは別の笑みを浮かべかけ、それを隠《かく》すように再度完璧《かんぺき》な儀礼《ぎれい》を保って一礼する。背後に立つ小柄《こがら》な影も、彼に倣《なら》うようにぎこちなく頭を下げた。

「名乗りを上げるのが遅《おく》れて大変失礼いたしました。私はエーデバルツ・ドゥーガル・セクテと申します」

終章

「……そんなことがあったんだ」

翌日、モートン卿の屋敷《やしき》を訪《おとず》れたケヴィンは、木箱から出して置かれた陶器《とうき》の水差しを前にユートから説明を受け、ぽかんとした表情でその一言を発した。

「お前の意見も聞かずに受け取ってしまったのは悪かったと思っている……というか、自分のことだけで頭がいっぱいで、そこまで考えている余裕《よゆう》がなかった。もちろん、お前にはこれを受け取る権利が十分にあると思うが……」

「くれるって言うなら、もちろんありがたく受け取っておくさ！」

にぱっと明るい笑みを浮《う》かべて、ケヴィンはユートの懸念《けねん》を吹《ふ》き飛ばすように言った。

「向こうが労働の対価だと言ってよこしたのなら、断る理由なんてないもの。よこした相手が誰《だれ》であれ、品物に罪はないし――むしろ気の利《き》いたことしてくれたんじゃない？　多少もらいすぎって気もしなくはないけど……お金には不自由してないみたいだし、このくらい向こうにしてみれば大した出費でもないんじゃないかな？」

あんな危ない目に遭《あ》わされたんだし、とケヴィンは悪びれない口調で付け加える。

ケヴィンの様子を見てユートもほっとしたように表情を緩《ゆる》め、少し温《ぬる》くなった茶のカップに口を付けた。

「でも……本当に良かったんですか？　あのお金を返してしまって……中は見ていませんが、結構な額だったんじゃ……」

「そうだよ、ユートも頭が固いというか――向こうがくれると言うんだから、黙《だま》ってもらっておけばいいのに！　わざわざ理由つけて返しちゃうなんてさ～！」

イルとケヴィンに口々に言われて、ユートは不機嫌《ふきげん》な表情になって黙り込む。

自分でも後悔《こうかい》していないと言ったら嘘《うそ》になる。しかしファイズに対する好悪《こうお》の念をさしおくとしても、彼から金品を受け取るわけにはいかない事情があった。

「もう、そういう稼《かせ》ぎ方はしないことに決めた」

「お――ユート様……」

「それに、あいつからは金以上の報酬《ほうしゅう》をもらった……と言えるかもしれない。あいつの屋敷で見た、あの絵……」

物語の場面らしき光景が焼き付けられた、何枚ものタイル。

それを見た時、ユートは頭の中でなにかが閃《ひらめ》くのを感じた。すぐには形にならなかったが、ゆっくりと時間をかけて一つの考えが結実していった。

すなわち、フォーレに伝わる伝承や物語を描《えが》いた陶磁器《とうじき》を、新しく生産することはできないだろうかというものだ。それぞれ別の場面や登場人物を描いた皿やカップなどを作り、物語の概要《がいよう》を記した冊子を添《そ》えれば……

ユートの目に力強い輝《かがや》きが生まれたのに気づいて、イルが少し遠慮《えんりょ》がちに尋《たず》ねる。

「……絵が、どうかされたんですか？」

「新しくフォーレで生産する陶器の――絵柄《えがら》のことでいい案が浮かんだんだ」

「本当ですか!?」

イルの顔が輝くのを見て、ユートも微笑《びしょう》を浮かべる。

案というよりは思いつきに近いものだったが、フォーレに持ち帰って検討するだけの価値はあると思った。ファイズの屋敷や、商談に同行した先で見た美術品の意匠《いしょう》や絵柄も参考になるだろう。

ケヴィンはそんな二人のやりとりに戸惑《とまど》ったような表情をのぞかせ、かわるがわるその顔をうかがうようにして口を開いた。

「新しく生産……って？　ユート、君はいったい……」

はたと我に返り、ユートはケヴィンをやや気まずそうに見返す。

ごまかそうかという考えがちらりと脳裏《のうり》をよぎるが、同時に頭に浮かんだのは自分を信じてすべてを任せてくれた姉と父の顔だった。二人の信頼《しんらい》と協力があったから、フォーレに新たな産業を興《おこ》すという目標へ向かって一歩踏《ふ》み出すことができたのだ。

信頼と協力――それがこれからの自分に不可欠であることもユートにはわかっていた。自分一人の力でできることには限りがある。

ためらうように二、三度口を開閉したあと、ユートは手にしたカップを卓《たく》の上に戻《もど》して口を開いた。

「この際だから……話しておくか」

いやに真剣《しんけん》なユートの様子に、ケヴィンもつり込まれたように真顔になる。

「お前には、これからも商人として色々意見を聞かせてもらいたいと思うし——むろん仕事に差し障《さわ》りのない範囲《はんい》でかまわないが。俺がこれからやろうとしていることには、多くの人間の助言が必要なんだ」

膝《ひざ》の上で軽く拳《こぶし》を握《にぎ》りしめ、ユートは目を伏《ふ》せて告げる。

イルは硬《かた》い表情のユートを不思議そうに見つめやっていたが、ふっと口元をほころばせると置かれたカップに茶を注《つ》ぎ足す。

穏《おだ》やかな笑みはいつもと変わりなかったが、瞳《ひとみ》の奥にはすべてを承知で見守るような暖かな光があった。

「俺は自分の国に新しい産業を興したいと思っている。お前に人気の高い商品のことを聞きにいったのも、その参考にしようと思ってのことだ。今ある技術を生かして高い価値を持つ商品を作り出すことができれば、国の借金をもっと効率的に返せるようになる……」

「……借金？」

「ああ。俺が傭兵《ようへい》として働いていたのもそれが理由だ。だが、ちょっとやそっと稼いだくらいでは返せる借金ではないのでな」

「ユート……」

苦い微笑を浮かべるユートに、ケヴィンはためらいがちに言葉を投げた。

「国の借金って……どうして、ユートがそれを返そうとするわけ？　危ない傭兵の仕事をしてまで……それに、産業を興すって……」

ケヴィンの声には戸惑いと混乱がにじんでいたが、ユートを見つめる目にはどこか予感にも似た光があった。

ユートは唇《くちびる》を引き結んでから、思い切ったようにケヴィンを見返して口を開く。

「俺は――」

言いかけた時、部屋の扉《とびら》が音を立てて開かれた。

なんの前触《まえぶ》れもなく開かれた扉に、室内の視線がいっせいに向けられる。ケヴィンとイルは思わず身をすくめたのみだったが、ユートは反射的に近くにあった剣《けん》に手を伸《の》ばした。

「な――!?」

非常事態かと身構えるユートの前に現れたのは、屋敷の主《あるじ》であるモートン卿《きょう》だった。

ユートはその姿を見て警戒《けいかい》を解きかけるが、息を切らして駆《か》け込んできた彼の尋常《じんじょう》ではない様子がそれを押し止《とど》めた。いつもはきちんと整えてある髪《かみ》を振《ふ》り乱し、口髭《くちひげ》の似合わない童顔もひどく青ざめている。

扉を叩《たた》く余裕もないほどに慌《あわ》てきって飛び込んできたのが一目瞭然《いちもくりょうぜん》で、ユートの内心で嫌《いや》な予感が膨《ふく》れ上がる。

「――どうされました？」

モートン卿に駆け寄り、ユートは彼の身体《からだ》を支えるようにして尋ねる。

イルとケヴィンがばらばらと背後に走り寄ってくるのがわかったが、そちらを見やることもせずにユートは問いを重ねた。

「なにかあったのですか？　モートン卿⁉」

のろのろと顔を上げ、荒《あら》い息の間からモートン卿は言葉を押し出す。

「……タ、タジェス殿下《でんか》が」

ユートの背筋にひやりとしたものが走ったのは、この場にいないタジェスの行き先を思い出したためだった。

彼は今回の一件を王太子に説明するため、王宮に出向いている。

フォーレに滞在《たいざい》しているはずの彼がここにいる辻褄《つじつま》を合わせるため、王太子の誕生日に合わせて呼び戻されたという体裁《ていさい》を整えたのだ。その折に誕生祝いの品を用意しようとして偽物《にせもの》の存在に気づき、結果としてそれに関《かか》わる貴族を摘発《てきはつ》したということになっている。

「タジェスがどうした⁉　あいつになにか……」

思わず素《す》の言葉遣《ことばづか》いに戻るユートに、モートン卿は動揺《どうよう》しきった口調で告げる。

半ば呆然《ぼうぜん》とした表情の彼は、ユートの言葉遣いの変化に気づいてさえいないようだった。

「今、王宮から報《しら》せが――タジェス殿下が王太子殿下の暗殺を謀《はか》った罪で捕《と》らえられたと！」

あまりにも信じられない言葉に、ユートはただ愕然《がくぜん》と目を見はった。

凍《こお》りついたような沈黙《ちんもく》の支配する室内で、受けた衝撃《しょうげき》の大きさを物語るように誰一人として身動き一つすることはなかった。

――現在の借金総額　２０億１千９百７２万グラン

あとがき

季節は冬ですが、作中は夏の話をお届けしてしまいました岩城です。あんまり夏っぽくなかったですが……それどころじゃないという忙《せわ》しない話になってしまいました。作者の気持ちがそのまま乗り移ってしまったみたいで、力不足を深くお詫《わ》びいたします。せっかくケヴィンが再登場（そして大変身！）したのに、あんまり活躍《かつやく》させられませんでした……（泣）。

さて忙しないのはあとがきも一緒《いっしょ》で、恒例《こうれい》ですがお世話になった皆様《みなさま》方にお礼を。

サマミヤアカザ様、今回もまた素敵《すてき》なイラストをありがとうございます！　表紙の色遣《いろづか》いの美しいことといったら……！　今まで見せたことのないユートの表情にも萌《も》えまくりです。担当様、がんがんハードル上げてくださるのは愛の鞭《むち》ですよね？　力不足で今回はご迷惑《めいわく》をおかけしました。校正の皆様にもいつもながらお世話になりまして、厚く御礼《おんれい》申し上げます。

そして、この本を手にとってくださった皆様に最大の感謝を。よろしくしながらも書き続けていられるのは、皆様の存在あってのことです。少しでもご期待に添《そ》えるものが書けるように、これからも頑張《がんば》っていきたいと思います。

岩城　広海

BEANS BUNKO

「王子はただいま出稼ぎ中 見習い商人とガラスの絆」の感想をお寄せください。

おたよりのあて先
〒102-8078 東京都千代田区富士見2-13-3
角川書店ビーンズ文庫編集部気付
「岩城広海」先生・「サマミヤアカザ」先生

また、編集部へのご意見ご希望は、同じ住所で「ビーンズ文庫編集部」までお寄せください。

王子《おうじ》はただいま出稼《でかせ》ぎ中《ちゅう》 見習《みなら》い商人《しょうにん》とガラスの絆《きずな》

岩城広海《いわきひろみ》

角川ビーンズ文庫 BB72-6 17160

平成23年12月1日 初版発行

発行者――井上伸一郎
発行所――株式会社角川書店
東京都千代田区富士見2-13-3
電話/編集(03)3238-8506
〒102-8078
発売元――株式会社角川グループパブリッシング
東京都千代田区富士見2-13-3
電話/営業(03)3238-8521
〒102-8177
http://www.kadokawa.co.jp
印刷所――暁印刷 製本所――BBC
装幀者――micro fish

ISBN978-4-04-100051-9C0193 定価はカバーに明記してあります。